Soleil bas

D/2021/4910/27   ISBN : 978-2-8061-0589-9

© **Academia – L'Harmattan s.a.**
Grand'Place 29
B-1348 Louvain-la-Neuve

Tous droits de reproduction, d'adaptation ou de traduction, par quelque procédé que ce soit, réservés pour tous pays sans l'autorisation de l'éditeur ou de ses ayants droit.

www.editions-academia.be

Émilie Hamoir

Soleil bas

Roman

À Xavier,
À Milo, Anna et Rose

« Il y a des soirs où le ciel a la couleur et le goût de la cendre. Il a la douceur de cette poussière infiniment fine comme la tristesse indéfinie, telle qu'aucune autre au monde ne saurait être plus fine, celle d'une matière définitivement consommée. »

Georges Limbour, *Soleils bas, poèmes, contes et récits 1914-1968*

« Toutes les familles heureuses se ressemblent, mais chaque famille malheureuse l'est à sa façon. »

Léon Tolstoï, *Anna Karénine*

Chapitre 1

Noir

ANNA

J'ai toujours préféré le noir. Le noir s'adapte à tout. Il est l'ombre qui nous protège, la couleur de la nuit et des mots qu'elle estompe, des écrans lorsqu'ils dorment et des jardins secrets. Le noir se laisse oublier, comme les vieilles histoires.

Mon père aimait le vert. Le vert profond de la forêt qui s'offrait au regard depuis notre maison. Le vert léger des odeurs de sève au printemps qui montaient aux narines après les pluies épaisses et brèves. Le vert des yeux de ma mère, un vert émeraude et fugace, mouvant comme les lacs de montagne qui, d'un coup, s'assombrissent sous l'effet des nuages.

***

Le jour où tout a commencé, ou plutôt celui où tout a basculé (car on dit souvent à tort que les choses commencent, alors que leurs racines, aussi minuscules et invisibles soient-elles, sont déjà là, attendant les conditions propices pour sortir de la terre où elles dorment), ce jour-là était un mardi, précisément le 6 juillet.

J'étais fatiguée. La nuit, troisième consécutive durant laquelle les températures n'étaient pas descendues sous les vingt-quatre degrés, m'avait laissée sans sommeil pendant de nombreuses heures.

L'odeur du thé que je me préparais flottait dans l'air avec les rumeurs de la rue, mes gestes filaient au ralenti.

La canicule s'était installée depuis une semaine et tout le monde attendait impatiemment l'orage.

La lumière du matin et les derniers filets de fraîcheur nocturne entraient par les fenêtres ouvertes de mon appartement.

Le peu d'énergie qui me restait, je voulais le consacrer à rattraper mon retard.

Chaque jour, je respectais un programme scandé par les aiguilles de l'horloge accrochée au mur de la vaste pièce qui me servait de salon, salle à manger et cuisine. Cette horloge en métal, laqué vert pomme, suffisamment grande pour être lue de tous les coins du living, était un cadeau de mon père, offert deux ans auparavant lors de mon emménagement.

Mon appartement était un trois-pièces au quatrième étage sans ascenseur d'un immeuble sans histoire et sans âme, coincé entre deux bâtiments quelconques d'une ruelle perpendiculaire à la rue commerçante d'une petite ville insignifiante. Je l'avais choisi pour ça. Il n'y avait rien, ici, qui mérite qu'on s'y attarde, qu'on le regarde plus que nécessaire.

Lorsque la sonnette retentit, je m'apprêtais à retirer le sachet de thé de ma tasse. Un coup d'œil à l'horloge m'apprit qu'il était 8 h 20. Je n'attendais personne.

Seul le facteur marquait parfois de son empreinte le petit bouton noir qui, dans le hall, jouxtait le numéro de mon appartement. Mon père me téléphonait quand il était là, je descendais pour lui éviter les escaliers.

Il m'arrivait de rester plusieurs jours sans sortir, sans parler. La solitude ne me pesait pas, c'était la compagnie des autres qui était difficile.

La sonnerie se fit entendre encore une fois, insistante. Je l'ignorai, me dirigeant à petits pas vers le canapé en tissu foncé qui me tenait lieu de salon, les mains occupées par mon petit-déjeuner.

J'allumai la télévision pour en couvrir le son.

À 8 h 40, il fallait que je sois assise devant mon ordinateur.

Je décidai que ce coup de sonnette était une erreur et je l'oubliai.

Je devais boucler la mise en pages d'un livre sur les avions de chasse de la Deuxième Guerre mondiale. J'en connaissais certains grâce aux maquettes qui décoraient toujours les étagères de mon frère.

Après avoir lavé mon bol, ma tasse et ma cuillère, je fermai les fenêtres et déroulai les larges stores gris clair pour protéger la pièce des rayons déjà brûlants du soleil.

Il y a des jours où tout est difficile, des jours à l'élastique qui s'étirent et se tendent jusqu'à l'entrée du soir et la perspective de la nuit. C'était un mardi lent et lourd, une journée qui semblait longue alors qu'elle commençait à peine, comme si le temps avait pris ses aises pour que je puisse me préparer à ce qui allait suivre.

La sueur collait à mon front, mes paumes étaient moites, le manque de sommeil couplé à la chaleur avait sur moi le même effet que les pilules que je prenais parfois, quand mon cœur s'affolait et que la boule dans ma gorge m'empêchait de respirer.

Mon travail n'avançait pas, les lignes de texte s'écartaient et se resserraient, les photos d'avions et de pilotes dansaient devant mes yeux qui papillonnaient.

Il était 10 h 43 lorsque la sonnerie de l'entrée éclata à nouveau, m'extirpant de ma torpeur.

Hésitante, je dirigeai mon doigt vers le bouton qui permettait d'ouvrir la porte, quatre étages plus bas. L'interphone était en panne depuis longtemps. Comme je n'en avais pas l'utilité, je n'avais pas pris la peine de le faire réparer.

J'ignorais qui serait mon visiteur et je détestais les surprises.

Pourtant, je sus que, quoi que je fasse, cette sonnette n'allait pas me laisser tranquille.

On dit que dans la vie tout est une question de choix, de direction à prendre. À cet instant, j'aurais pu opter pour n'importe quel chemin, ils m'auraient tous menée au même endroit.

J'enclenchai le système d'ouverture et j'attendis, les oreilles aux aguets du moindre bruit en provenance du couloir. Il fallait entre cinq et huit minutes pour monter les étages jusqu'ici.

On frappa, trois coups vigoureux. Nerveuse, j'entrouvris la porte sans ôter la chaîne.

La stupeur me fit reculer d'un pas.

C'était Paul, mon frère, qui se tenait là, debout sur le paillasson, le visage pâle et dénué d'expression qui aurait pu me donner un indice sur les raisons de sa visite.

Je détachai la chaîne et il entra en silence, regarda autour de lui, figé au milieu de la pièce, la bouche ouverte, fermée, ouverte à nouveau. Comme s'il cherchait de l'air ou un mot qui refusait de sortir.

Il était vêtu d'une chemise blanche sans aucun pli, un veston gris reposait sur son bras gauche et ses cheveux coiffés en arrière lui donnaient l'air sérieux auquel j'étais habituée.

Sur le moment, l'absurdité de la situation m'échappa. Les yeux fixés sur ceux de mon frère, j'attendais qu'il parle. Il ne m'avait pas répondu lorsque je l'avais salué.

Les premiers sons sortirent enfin.

« Papa… »

J'eus un mauvais pressentiment. Paul n'appelait plus notre père « papa » depuis longtemps. Quand il parlait de lui, il utilisait son prénom : Léo.

La suite mit du temps à venir. Mon frère me regardait l'air concentré, comme s'il tentait de transmettre avec son regard les mots qu'il ne pouvait pas lâcher. Puis, sans prévenir, sans un signe pour amortir le choc, il dit :

« Papa est mort. »

Trois mots déposés là, trois mots lancés à travers la pièce et qui maintenant flottaient entre nous, essayant de se frayer un chemin jusqu'à moi.

Je ne réagis pas tout de suite. Je ne pleurai pas. Je fis signe à mon frère de s'asseoir dans le canapé avant de fuir vers la cuisine.

Ma bouche pâteuse et ma gorge rétrécie rendaient mon élocution difficile. Je sortis deux bières du frigo et le décapsuleur du tiroir à couverts. Des saletés avaient une nouvelle fois réussi à s'y infiltrer et je me retins de le nettoyer. Les mains tremblantes, je saisis les deux bouteilles et rejoignis mon frère. Je lui en tendis une et m'assis en face de lui avec l'autre.

C'était la première fois que Paul mettait les pieds chez moi. Depuis qu'il avait quitté la maison familiale l'année de ses dix-huit ans, il n'adressait plus la parole à notre père. Et à moi, uniquement lorsque c'était nécessaire.

Ses joues avaient gardé de légères traces de larmes. Sur les miennes, il n'y avait toujours rien.

Je me concentrai sur l'horloge accrochée au mur. Les secondes s'additionnèrent en silence pour former des minutes. La douleur avait tiré de lourds rideaux qui parcouraient la pièce de part en part, rendant les échanges difficiles et la vision trouble.

Nous étions devenus orphelins.

Cette idée me fit cligner des yeux. Si je refoulais suffisamment ma peine, peut-être aurait-elle l'idée de passer son chemin. Comme les monstres qu'on choisit d'ignorer et qui, déçus de ne pas pouvoir se repaître de notre peur, retournent se cacher dans l'ombre.

L'épaisseur de l'air avait changé et j'eus l'impression qu'un brouillard transparent nous entourait, brûlant et étouffant. Dans le coin de la pièce, un son en provenance de mon ordinateur annonça l'arrivée d'un nouveau mail. Paul se tourna légèrement, son regard s'attardant sur mon espace de travail. Il le trouvait sans doute désordonné, mal organisé, même s'il n'en laissa rien paraître. Je le connaissais suffisamment pour décoder les infimes mouvements de son visage et les traduire en émotions. À cet instant, il était perdu, triste peut-être. Cela, je n'en étais pas certaine. Pas plus que je ne l'étais de mon propre état d'esprit au même moment.

La distance entre nous avait commencé à croître. Si je ne faisais rien, elle deviendrait trop grande pour pouvoir être comblée.

Les questions s'amoncelaient dans ma tête, enchevêtrées l'une à l'autre de telle sorte que je ne savais pas par quel bout les prendre, laquelle énoncer en premier.

– Comment il est mort ? Qui l'a trouvé ?

Mon frère posa sa bouteille vide sur la table et soupira.

– C'est Bénédicte qui l'a trouvé ce matin dans son fauteuil. On est presque sûr qu'il a eu une crise cardiaque. Quand elle est arrivée, c'était trop tard.

Il essuya son visage d'un mouvement brusque.

Je l'imitai, sentant les premières larmes couler sur mes joues.

– Ils l'ont emmené où ? On peut le voir ?

– Je suppose qu'il est au funérarium du village. Près de la poste, tu vois où c'est ?

J'acquiesçai, avant d'avaler difficilement une gorgée de bière.

– Et l'enterrement ?

– Léo avait sûrement tout prévu, comme d'habitude. Faut voir avec le funérarium.

– Tu comptes y aller ?

Mon frère me dévisagea comme si je venais de dire un gros mot et secoua la tête.

Il fallait que quelqu'un se dévoue. J'avais tout de suite su que ce serait moi. Je voulais pourtant m'en assurer, j'espérais qu'il aurait changé et ce n'était pas le cas. Je lui répondis que j'irais.

Paul se leva, saisit ses clés de voiture.

– Tu t'en vas ?

– Il faut que je retourne travailler. On se verra peut-être à l'enterrement.

Je haussai la voix sans le vouloir.

– Peut-être ?

– Je ne sais pas encore si je vais pouvoir.

Même la mort de notre père n'avait pas assoupli mon frère.

Depuis dix ans, nous ne faisions plus partie de sa vie. Il nous avait abandonnés, laissés derrière lui. Il semblait plus heureux. Le simple fait d'y penser me dévorait le cœur.

Après son départ, je restais assise sur ma chaise. Les yeux fixés sur l'écran noir de la télévision éteinte. Les mains posées sur les cuisses. J'attendais et je n'attendais pas, alourdie par mon corps. Quelque chose, n'importe quoi qui m'éloignerait de ces pensées et de cet endroit.

J'aurais dû pleurer, crier de désespoir comme dans les mauvais films, tomber à genoux la tête entre les mains. Il m'était arrivé d'imaginer ma réaction si mon père mourait. Je serais anéantie. Des larmes, beaucoup de larmes, des yeux rougis et l'envie de rien, de disparaître, jusqu'à ce que mon frère vienne me sauver. Dans mes rêves, la mort de mon père servait au moins à ça, au retour de mon frère.

À la place, je me retrouvais seule, le cerveau vide et les pensées défaites.

J'écrivis quelques mails pour prévenir mes clients, puis je remplis un sac avec des vêtements, mes affaires de toilette, mon ordinateur, mes carnets et un livre.

Sans regret, je fermai la porte de mon appartement. Ma voiture, une vieille Clio bleue dont la portière avant droite ne s'ouvrait plus, était garée dans la rue. En une heure, c'était terminé, j'étais en route pour la maison de mon enfance. Un lieu où, le matin encore, j'étais persuadée de ne jamais revenir.

ROSE
(Hiver 1984)

Les flocons ne cessaient de tomber depuis des heures, chargeant l'air et le sol de leurs cristaux glacés. Les arbres étaient tendus de fils blancs et les trottoirs couverts d'empreintes de pas qui salissaient la neige.

Rose tapa ses bottes sur le paillasson de la librairie et entra, fermant la porte derrière elle pour garder la chaleur. Elle navigua rapidement entre les étagères jusqu'à la table qui présentait les nouveautés dans le rayon de littérature américaine. Une plaquette affichant Stephen King lui indiqua où chercher.

Il n'en restait qu'un. Elle s'en saisit comme d'un trésor, imaginant les heures à venir, installée confortablement près du radiateur de sa chambre.

Quand elle releva la tête, ses yeux en rencontrèrent d'autres qui la fixaient à quelques centimètres, trop près. Elle recula d'un pas.

Il lui sourit et tendit la main vers le livre qu'elle serrait contre elle.

– Vous avez pris le dernier.

Rose bafouilla.

– Désolée. Peut-être dans une autre librairie ?

– Il est en rupture de stock partout.

Rose se détourna. Cette conversation l'embarrassait autant que le regard toujours posé sur elle. Elle devait clore la discussion. D'habitude, elle attendait sans rien dire et son interlocuteur finissait par comprendre. Mais il semblait ne pas avoir envie de les quitter, elle et le livre. Elle inclina la tête vers lui, pas trop haut, pas jusqu'au bleu de ses yeux. Le rouge qu'elle devinait sur son propre visage la gênait. Elle se lança après avoir avalé une bouffée d'air.

– Je dois y aller. Bonne chance.

Comme il ne réagissait pas, elle commença à s'éloigner. Pour elle, l'affaire était bouclée. Elle était presque partie lorsqu'elle l'entendit l'appeler.

– Attendez…

Elle se retourna.

Il haussa les épaules.

– Laissez tomber.

Sans comprendre ce qu'elle faisait, sans doute par politesse ou gentillesse, elle l'invita à poursuivre.

Il parut soulagé.

– Seriez-vous d'accord de me le prêter, après l'avoir lu ?

Rose hésita un court instant. Elle réfléchit, ce n'était qu'un livre. Le saisissant des deux mains, la couverture vers elle, elle répondit :

– Peut-être, laissez-moi vos coordonnées.

Il fouilla dans sa poche et en sortit un bout de papier jaune et un stylo, puis y écrivit une suite de chiffres avec, juste au-dessus, un prénom en trois lettres.

Rose le prit et y jeta un œil.

– Léo ?

Elle le regarda. Il était grand, pratiquement deux têtes de plus qu'elle. Ses cheveux n'étaient ni blonds ni bruns, plutôt châtains. Son visage, au premier abord, ne portait rien de remarquable. Mais si on prenait le temps de l'observer, de s'y habituer, il devenait beau. Il avait ce je ne sais quoi de nonchalance qui confinait au charme. En entendant son nom prononcé par elle, il sourit et lui demanda le sien. Son prénom avait juste une lettre de plus. Elle s'appelait Rose.

Ils se séparèrent, Rose s'empressant d'aller régler son achat à la caisse de la librairie.

Lorsqu'elle sortit, la neige ne tombait plus. Les rues étaient vides. À cette heure, de nombreux étudiants révisaient pour leurs derniers examens. Il ne lui restait qu'un travail à terminer, la traduction d'un texte russe. Après, il serait temps de rentrer chez ses parents. Elle n'en avait aucune envie. Elle détestait cette maison. Par-dessus tout, elle haïssait les chats de la voisine qui rôdaient dans leur jardin. L'un d'entre eux, le gros au pelage gris, s'était dernièrement aventuré jusque dans leur cuisine, profitant d'une porte laissée ouverte. Elle était tombée nez à nez avec lui en sortant des toilettes et était restée figée, paralysée par la peur. Elle se souvenait des deux pupilles jaunes qui la fixaient, de l'immobilité tranquille et à la fois menaçante de l'animal. Le chat émettait un bruit effrayant, entre le grognement et les pleurs de nouveau-né. C'était sa mère qui avait fini par le chasser.

Rose marcha vite jusqu'à son appartement, tout en faisant attention de ne pas glisser. Après avoir fermé la porte de l'entrée derrière elle, elle s'accroupit quelques secondes, ses mains et ses jambes tremblaient.

L'étranger qui l'avait abordée dans la librairie la troublait. Il y avait quelque chose chez lui qui l'attirait et en même temps lui déplaisait. C'était dans ses yeux, ou peut-être son attitude engageante. Elle regrettait sa réaction. Elle aurait dû l'ignorer. À présent, elle avait les cartes en main. La décision lui revenait.

ANNA

Sans la voiture de mon père garée dans l'allée, on aurait pu croire que la maison était abandonnée. Les volets étaient fermés, le jardin semblait vide, tout était silencieux. Même les oiseaux. Sans doute à cause de la chaleur.

Je me garai au fond de l'impasse, devant la remise où mon père entreposait un tas de bricoles inutiles, à droite de la maison. À travers les semelles de mes baskets, je pouvais sentir la brûlure de l'asphalte.

Je sortis mon trousseau de clés du sac, cherchai celle qui ouvrait la porte d'entrée, une ronde. La clé s'enfonça dans la serrure et tourna comme dans du beurre.

J'entrai sur la pointe des pieds, comme si quelqu'un dormait et qu'il ne fallait pas le réveiller. Je déposai mon sac dans le hall.

D'après mon frère, le corps avait été trouvé assis dans le gros fauteuil du salon, celui où mon père faisait ses mots croisés et lisait le journal. Celui qui avait un repose-pieds. Son fauteuil de vieux. Quand je le lui disais, il me regardait avec ses yeux fâchés, ses yeux noirs. Ça ne me faisait plus rien. Alors j'en rajoutais, exprès.

Je pense que c'était même devenu un jeu.

Le corps. Dans ma tête, je dissociais encore « le corps » et « mon père ». Deux entités distinctes. Une vivante et une morte.

Des corps morts, il y en avait des dizaines, ici. Sur le sol, sur les appuis de fenêtre. Des mouches et des moucherons. En fait, ça puait la mort.

J'ouvris les volets et les fenêtres en grand. J'ouvris la porte-fenêtre qui donnait vers l'arrière, sur la terrasse et le jardin.

Il y avait un peu de ménage à faire. Bénédicte n'avait pas nettoyé cette semaine. À la place, elle avait trouvé le corps de mon père.

J'aurais voulu le voir, mais la police avait demandé une autopsie. La routine. Ils voulaient être sûrs de la cause de la mort. Leurs traces de pas marquaient le carrelage un peu partout. Apparemment, ils avaient tout inspecté, et rien trouvé de suspect. Pas de trace d'effraction ou de violence. Juste un corps sans vie.

On m'avait dit que je pouvais reprendre possession des lieux.

Je commençai par passer l'aspirateur dans toutes les pièces. J'aspirai les insectes, la terre, la poussière, sur le sol et sur les meubles. C'était ma méthode, au lieu d'utiliser un chiffon pour épousseter, je prenais la brosse de l'aspirateur. Ça rendait mon père dingue, il disait que ça griffait les meubles.

Il fallait que tout soit propre. Partout. Le reste, je m'en occuperais après.

Léo n'avait rien changé depuis mon départ. Chaque chose avait sa place. Et son utilité. Même dans son bureau, les piles de documents avaient chacune leur secret et leur organisation propre.

C'est ce qu'il prétendait. Moi, je ne voyais que des tas de feuilles, un désordre qui retenait les poussières.

Je fermai la porte du bureau. C'était une pièce à part. Léo nous interdisait d'y entrer. Une grande table en chêne recouverte de dossiers, une planche à dessin et des étagères remplies de classeurs. Je n'avais aucune envie d'aller remuer là-dedans.

Lorsque tout fut impeccable au rez-de-chaussée, je pris mon sac et montai les escaliers jusqu'au premier étage. Un long couloir avec deux portes de chaque côté. Trois chambres, une salle de bains.

Il faisait chaud, là-haut. À l'odeur désagréable de ma transpiration venait se coupler celle du renfermé. Les photos de nous à tous les âges sur le mur me narguaient. Paul et moi sur nos vélos dans le quartier, moi en maillot dans la piscine à boudins que notre père installait au fond du jardin et qu'il avait, cette fois-là, gonflée à la bouche. Paul en aube de communiant. Nous deux en vacances à la montagne, nos chaussures de randonnée toutes neuves aux pieds. Deux enfants blonds à l'air angélique, des bouilles parfaites qui attiraient les regards et les sourires des vieilles dames. Cheveux clairs, yeux clairs, toute cette pâleur que je m'efforçais de dissimuler derrière du mascara et des vêtements noirs.

Par endroit, le papier peint se faisait la malle, on pouvait voir la peinture bleue réapparaître. Bleu layette, le même que celui des papillons qui tapissaient ma chambre.

Les pièces à l'étage n'étaient pas sales. J'aérai la salle de bains et pris une douche pour me rafraîchir.

Enfin, j'ouvris la porte de ma chambre.

Tout était pareil qu'il y a deux ans. Le lit était fait, le réveil sur la table de nuit était réglé à l'heure et les livres m'attendaient sagement sur l'étagère. Je m'assis à mon bureau et regardai devant moi, par la fenêtre qui donnait sur l'arrière. De là, on pouvait voir la forêt qui se déployait. Au fond du jardin et à droite de la maison. Cette vue m'avait manqué.

Sans mon père, la maison semblait différente. Non pas vide ou triste, mais différente, comme si elle avait acté le changement de propriétaire.

Je rangeai mes vêtements dans la garde-robe, je déposai mon livre sur la table de nuit, à côté du réveil. Mon carnet de croquis prit place sur le bureau.

Dans la salle de bains, je remplaçai les affaires de mon père par les miennes. Tout ce qui était à lui, je le déposai dans sa chambre, par terre, ouvrant et refermant la porte aussi vite que possible, puis essuyant mes joues mouillées du revers de la main.

Cacher, enlever ce que nos yeux ne peuvent plus voir, taire les empreintes de ceux qui sont partis, comme un garrot pour éviter que la blessure s'aggrave.

ROSE

Il ne fallut qu'une nuit à Rose pour lire le livre. Le feuillet jaune était caché à l'intérieur des pages. De temps en temps, elle le prenait en main, le reniflait, contemplait le prénom au-dessus du numéro qu'elle connaissait par cœur. Elle hésitait. Se méfiait. L'instant d'après, elle saisissait le combiné du téléphone et composait les premiers chiffres. Au bout de trois jours, elle comprit qu'il était trop tard, que les cartes avaient été truquées dès le départ.

Le coup de fil fut rapide, sa voix tremblait. Elle lui donna rendez-vous le lendemain en fin d'après-midi devant la librairie.

Elle arriva avec quelques minutes de retard, elle ne voulait pas être la première. Il l'attendait déjà, le col de son manteau relevé, un bonnet sur la tête et les mains dans les poches. Il l'aperçut et lui sourit. Rose sentit son cœur s'accélérer.

Quand elle fut toute proche, elle lui tendit le livre qu'elle avait emballé dans un sac en papier. Leurs yeux se rencontrèrent en même temps que leurs mains. Rose s'écarta brusquement. Elle avait rempli sa mission, livré son colis, elle pouvait rentrer chez elle.

Ils n'avaient échangé que quelques mots, les phrases d'usage, issues du langage codé que Rose pouvait utiliser sans que ses joues s'empourprent. Elle était déjà partie, ses pensées l'avaient amenée à la prochaine étape de sa journée, elle se demandait même s'ils seraient amenés à se croiser encore et elle se sentait coupable de l'espérer, quand elle perçut sur son épaule la pression d'une main venant de plus haut.

Elle fit volte-face. Le regard de Léo la captura un bref instant, juste assez pour l'empêcher de s'en aller.

Pour la remercier, il voulait lui offrir un café. Il insista, elle accepta. Le café se transforma en bière. Ils savaient tous les deux que l'alcool leur serait utile. D'abord, Léo parla beaucoup, de tout et de rien, faisant les questions et les réponses. Au bout de quelques verres, Rose se détendit. Le reste de la journée fila à toute allure, leur conversation semblait ne pas avoir de fin. Le soir était tombé lorsque Léo raccompagna Rose jusque chez elle.

Durant la semaine qui suivit les examens, ils se téléphonèrent chaque jour. Pas à pas, Léo apprivoisa Rose. Il l'écoutait se plaindre de ses parents et raconter les romans qu'elle rêvait de traduire. Il adorait l'entendre parler russe. Elle aimait France Gall, les Scorpions et

Michael Jackson, lui écoutait Renaud, Gainsbourg et Téléphone. Rose avait lu tout Stephen King, Dostoïevski, Tolstoï, surtout *Anna Karénine*, en français et en russe. Léo vouait un culte aux *Cités obscures*. Elle lui avait fait promettre de l'accompagner au cinéma pour voir *Dune*.

Lorsque toute la neige eut disparu, lorsque les premiers bourgeons apparurent sur les branches du cerisier qui, par grand vent, venaient frapper la fenêtre de sa chambre, Rose s'aperçut que Léo lui était devenu indispensable. Elle prit peur, voulut s'enfuir, briser les liens avant qu'ils deviennent impossibles à défaire.

Il était trop tard, la douleur était trop vive. Et Léo persuasif. Elle n'eut ni la force ni l'envie de résister. Elle abandonna la partie, déposa ses cartes sur la table, sans s'apercevoir que Léo avait gardé son jeu en main.

Juin arriva, traînant dans son sillage les grandes vacances. Deux mois vides, durant lesquels les étudiants rentraient chez leurs parents. Rose redoutait ce moment chaque année.

De la famille de Léo, Rose ne connaissait rien. Il éludait ses questions de manière habile, si bien qu'elle ne s'en étonnait pas. Elle savait juste une chose : ses parents étaient morts depuis assez longtemps pour qu'il ne s'en émeuve plus. Léo vivait seul, dans un appartement non loin du campus. Durant les vacances, il restait là, il n'avait personne nulle part pour l'accueillir. C'était sa dernière année à l'université et il comptait mettre à profit les semaines à venir pour trouver un boulot dans un cabinet d'architecte. Leur projet était d'emménager ensemble. Léo travaillerait et Rose terminerait ses études.

Le dernier jour de juin, Rose emmena Léo dans ses bagages pour lui présenter ses parents.

Grand, prenant soin de son apparence, poli, Léo était le gendre parfait. Rachel, la mère de Rose, fut séduite dès le premier regard. Son père Joseph trouva Léo trop gentil, trop poli, trop serviable, trop amoureux. Mais il garda pour lui son jugement, car il ne voulait pas gâcher le bonheur de sa fille.

Rachel installa Léo dans la chambre d'amis. Il y déposa sa grande valise en carton brune.

La chambre n'avait pas été utilisée depuis plusieurs années. Léo se demanda même si quelqu'un avant lui y avait déjà dormi. C'était une pièce sans empreinte, sans odeur et sans visage. C'était plus qu'une pièce vide, comme si on y avait effacé quelque chose. Elle contenait un lit en bois blond, une table de nuit assortie, un bureau, une chaise, et un portant en métal sur lequel étaient suspendus quelques cintres. Les murs étaient blancs. En y regardant de plus près, Léo crut distinguer des formes, comme si la peinture recouvrait un vieux papier peint. Il demanda à Rose si la chambre avait été occupée auparavant. Elle fronça les sourcils et secoua la tête, avant de changer de sujet et de quitter la pièce.

La nuit, Léo attendait que les parents de Rose soient endormis pour la rejoindre dans son lit.

Les jours d'été se suivaient sans faire de bruit ni soulever de poussière. Léo accompagnait Rose au cinéma du centre-ville, il lui tenait la main lors de promenades le long du canal qui longeait la campagne jusqu'au fleuve, puis aidait Rachel à la cuisine, goûtant ses plats et hachant les légumes. Joseph travaillait trop, Léo sortit la vieille tondeuse et arrosa les haies nouvellement plantées pour les garder de la sécheresse. À la télévision, les Jeux olympiques de Los Angeles s'annonçaient mouvementés.

Un soir, Joseph demanda à Léo ce qu'il comptait faire de sa vie. Rose et sa mère venaient de déposer leurs couverts. Le dîner se terminait dans la douce chaleur de fin du jour. Ça sentait bon les vacances, l'odeur de barbecue s'échappait des jardins. Les rires des enfants s'étiraient jusqu'au coucher du soleil et les problèmes s'envolaient en même temps que s'égrenaient les verres de vin.

Léo se leva de table, tous les regards étaient vissés sur lui, les yeux de Rose écarquillés. Il s'agenouilla à ses pieds, sortit un boîtier bleu de sa poche et l'ouvrit avant de le lui présenter. Les oreilles de Rose bourdonnèrent, les mots de Léo lui parvinrent de très loin. Elle ouvrit la bouche pour lui répondre. Elle savait qu'elle devait dire quelque chose, « oui » ou « non ». Sans réfléchir, elle opta pour le « oui ». Léo sourit, prit la bague et la lui passa au doigt. Rachel applaudit.

Joseph, lui, saisit la bouteille et remplit son verre.

**

Les parents de Rose tenaient à ce que les choses soient faites dans l'ordre. En premier lieu, terminer ses études. Ensuite, ils pourraient se marier et habiter ensemble. C'était leur condition. Joseph y tenait beaucoup.

Après ce soir-là, il se mit à regarder sa fille plus longuement. Rachel le surprit quelques fois avec l'album d'enfance de Rose sur les genoux.

La dernière année d'étude de Rose passa si vite que, après coup, ni elle ni Léo ne furent capables de se souvenir d'un moment précis, d'un événement particulier. Le temps avait pris de la vitesse pour prendre tout le monde de court. Il y eut beaucoup de choses à préparer, à organiser, une salle à trouver, une robe à essayer, des invitations à envoyer et, accessoirement, des examens à réussir. Rose tenait à obtenir son diplôme. Elle voulait travailler, être indépendante. Même si Léo lui affirmait qu'il gagnerait suffisamment d'argent pour deux, ou trois, ou quatre. Pour l'instant, le chiffre deux lui suffisait amplement.

Le jour du mariage arriva. La robe de Rose était blanc crème, le haut était orné de dentelle de Calais et mettait sa taille en valeur, la jupe était évasée dans le bas au moyen d'un cerceau. Rose l'avait choisie avec sa mère et son père. Joseph avait voulu être présent. C'était si rare que la couturière le raconta à toutes ses clientes.

Ses cheveux étaient relevés en un chignon sophistiqué, dans lequel s'entremêlaient des petites fleurs blanches dont Rose ne parvint pas à se rappeler le nom lorsqu'une invitée la complimenta sur sa coiffure.

La fête fut une réussite. Rachel et Joseph avaient vidé leur livret d'épargne pour l'occasion.

Quant à Léo, il allait de groupe en groupe, s'assurant que chacun avait ce qu'il désirait, sans jamais lâcher Rose des yeux. Comme s'il avait peur que des ailes poussent derrière sa robe, ou qu'elle soit volée par le regard d'un autre. Mais Rose ne voyait que lui.

Après la fête, Léo emmena Rose dans son appartement.

Rose hésita à entrer. Elle connaissait les lieux, il lui était impossible de dénombrer les soirées qu'elle avait passées assise sur le divan du living, elle savait ce que contenait chaque armoire de la cuisine et de quelle couleur étaient les murs de la chambre. Pourtant, son cœur battait trop vite, ses mains tremblaient. Léo lui demanda de fermer la porte. Il l'attendait. Rose ne parvenait pas à avancer, ses pieds étaient fixés au sol. Léo se retourna, la regarda et la trouva éblouissante dans sa robe blanche. Elle frissonnait. Il fit trois pas vers elle, elle recula. Les yeux de Léo la fixaient, l'enveloppaient. Rose recula encore, avant de refermer la porte devant elle. Elle se trouvait dans le couloir de l'immeuble, seule. On était proche du matin, la nuit commençait à s'éclaircir. Elle dévala l'escalier et sortit dans la rue, uniquement vêtue de sa robe de mariée, pieds nus. Ses escarpins étaient restés là où elle les avait déposés, sur le sol de l'appartement. Elle courut. Lorsqu'enfin elle s'arrêta, essoufflée, elle s'aperçut qu'elle était arrivée devant son ancien studio d'étudiante. Ce n'était plus chez elle à présent. Elle avait rendu les clés et déménagé toutes ses affaires chez ses parents, en attendant de les apporter chez Léo après leur mariage. Malgré la douceur de la nuit d'août, elle avait froid, et elle était blessée deux fois au pied droit. Les trottoirs de la ville, à certains endroits, étaient parsemés de morceaux de verre. Le cerisier avait perdu ses fleurs et était couvert de fruits, dont certains étaient tombés sur la route, écrasés par les pneus des voitures ou les semelles des passants.

Elle s'assit sur le banc dissimulé sous les branches basses de l'arbre, couvert de noyaux recrachés par les oiseaux. Ses bras entouraient ses épaules nues, elle ferma les yeux. Elle attendait sans trop savoir quoi. Ou qui.

Le soleil bas apparut au bout de la rue, fendant les dernières ombres d'une lueur orangée. Tous ses muscles étaient tendus, elle ne tremblait plus.

Une voiture grise s'arrêta devant elle. Elle se leva et sortit de sa cachette, ouvrit la portière.

– Monte. Tu vas tomber malade.

Rose prit place côté passager sans dire un mot.

– Il faut que tu rentres.

Rose acquiesça, elle savait que son père avait raison.

Chez elle, c'était chez Léo. Avec Léo. Elle avait dit oui. Jusqu'à la mort.

Joseph la reconduisit à son mari. Rose, d'une certaine façon, fut soulagée. Sa nouvelle vie commençait, elle ne serait plus jamais seule.

ANNA

Je me couchai tôt le soir de mon retour. Après avoir vidé la bouteille de bordeaux laissée par mon père dans la cuisine, je m'assommai avec un comprimé de Trazolan. Un de ces palliatifs qui m'étaient devenus indispensables.

Les heures qui suivirent furent peuplées de cauchemars. Je m'endormis d'un sommeil lourd, ni reposant ni consolant. La douleur restait tapie, prête à jaillir. Elle attendait, tournoyant lentement sur le plancher comme un requin affamé. Mon lit se transformait en radeau de fortune, je m'efforçais de ne pas m'approcher trop près des bords, retenant mon envie d'uriner jusqu'au matin.

Les médicaments n'étaient pas de taille à lutter contre mes démons, mais, grâce à eux, je finissais par succomber au sommeil. En général, le matin, j'avais tout oublié.

Cette nuit-là, je rêvai d'elle.

Son visage était flou, bordé d'une longue chevelure blonde. Le temps avait effacé le reste, même ma mémoire du sommeil l'avait oublié. Cela faisait longtemps, j'avais perdu l'habitude. D'abord, mon esprit ne l'avait pas reconnue. Mais quelle autre silhouette, quels autres bras tendus vers moi auraient pu m'émouvoir autant que ceux de ma mère ? J'étais revenue chez elle, dans la maison qu'elle avait partagée avec mon père puis avec nous. En était-elle jamais partie ?

Je m'éveillai en sueur. Perdue malgré la lumière du jour qui éclairait la pièce. Mon oreiller était trempé et mes mâchoires serrées. Puis, tout me revint d'un coup, violent, en plein dans l'estomac. J'eus le souffle coupé. Comme si les papillons blancs et bleus des murs s'en détachaient et volaient autour de moi, de plus en plus près, envahissant l'air que je respirais. Je n'avais pas oublié cette sensation, les ailes si nombreuses que je pouvais les sentir me frôler.

Le store ne s'abaissait pas jusqu'en bas, laissant un rai de lumière éclairer la pièce même au milieu de la nuit. J'avais toujours refusé que mon père le répare. Je me levai, rabattant la couverture sur le côté du lit. La maison était silencieuse. La radio de la cuisine était éteinte, la salle de bains était vide et les volets fermés.

Il n'y avait que moi.

Je descendis l'escalier, la main droite agrippée à la rampe. Je me dirigeai vers les portes vitrées et les ouvris en grand. L'herbe était humide sous mes pieds. Le ciel était d'un gris uniforme, comme une couche épaisse entre la Terre et le soleil. Mes épaules s'affaissèrent sous son poids, je restai immobile, soulever les jambes me demandait trop d'efforts, solliciter mes muscles était douloureux.

Mon père était mort. Le mot était resté coincé dans ma gorge, il descendait maintenant plus bas, s'insinuait dans ma poitrine, jusqu'à l'estomac. J'avais la nausée. Mort.

Chapitre 2

Gris

ANNA

J'étais plantée là, les pieds nus au contact de l'herbe mouillée. Les insectes tournaient au-dessus de ma tête, les oiseaux sifflaient et chantaient, une pie cherchait des vers. Le soleil chauffait le côté droit de mon visage. Je me dis que je pourrais rester comme ça et prendre racine, devenir un arbre.

J'avais lu quelque part que les arbres étaient capables de communiquer entre eux et de ressentir certaines choses, qu'ils réagissaient aux agressions des insectes parasites et même, parfois, qu'ils s'entraidaient. J'avais lu aussi que leurs racines étaient une part indispensable de leur être, leur base, leur point d'ancrage et de ravitaillement. À cette pensée, la sensation qui était montée en moi alors que je me tenais debout sur la terre humide du jardin de mon père, cette perception étrange qui me donnait l'impression de pouvoir prendre part à cette vie qui m'entourait et vibrait, indifférente à tout ce qui ne la concernait pas, se brisa net. Je n'avais plus de racine.

Je clignai des yeux et me détournai du soleil. Le claquement d'une portière de voiture me tira de mes pensées, suivi presque aussitôt du tintement de la sonnette de l'entrée.

Je me hâtai de traverser la maison pour aller ouvrir.

Un policier était debout et attendait.

– Vous êtes bien Anna Stilinski ?

Je hochai la tête, méfiante.

– Nous avons reçu les résultats de l'autopsie pratiquée sur le corps de votre père. Pourrais-je entrer quelques instants pour qu'on en discute ?

J'avais envie de lui demander sa plaque. Mon imagination me laissait entrevoir la possibilité d'une imposture. Je me ressaisis. La police savait que je me trouvais ici. Je l'avais dit au policier qui m'avait donné l'autorisation de « reprendre possession des lieux ».

C'est lui qui prit l'initiative, il sortit sa plaque de sa poche pour me la montrer. Je levai les yeux vers son visage. Il n'avait pas l'air plus âgé que moi.

Je reculai de quelques pas à l'intérieur, il entra, ferma la porte derrière lui et me suivit dans la cuisine.

Je lui montrai une des trois chaises qui entouraient la table ronde où mon père prenait tous ses repas. Il s'assit et posa devant lui une fine chemise en papier bleu, sur laquelle était écrit le nom de mon père : Léo Stilinski.

Je n'avais pas envie d'entendre ce qu'il avait à m'annoncer. Il ouvrit son dossier et je tentai de lire à l'envers pour avoir un indice, un ou deux mots pêchés au hasard. Mon cœur battait trop vite pour que je puisse réfléchir.

Il posa ses deux mains à plat sur la table et inspira profondément.

– Comme vous le savez, le médecin qui a déclaré le décès de votre père a demandé qu'une autopsie soit réalisée. Il voulait être certain qu'il s'agissait bien d'un infarctus.

Il marqua une pause, trop longue à mon goût.

– Les analyses ont révélé une importante quantité de médicaments et d'alcool dans le sang et l'estomac. Selon le légiste, le décès a certainement été causé par une surdose de médicaments combinée à l'absorption d'alcool.

À ce moment, il leva les yeux du rapport, auquel il s'était accroché jusqu'alors pour éviter de croiser les miens.

– Votre père s'est probablement donné la mort.

C'était vraiment n'importe quoi. Mon père, se suicider. Pas une seconde je n'y croyais. Je regardai le policier de mon air le plus autoritaire et convaincant.

– Il doit y avoir une erreur. Faites votre boulot correctement et revenez me voir.

Je me levai et lui montrai la porte.

Il resta assis à me regarder avec des yeux tristes. Je ne voulais pas de sa pitié.

– Vous êtes sourd ?
– Je suis vraiment désolé, mademoiselle. Il n'y a pas d'erreur. Si vous le souhaitez, je peux vous donner les coordonnées du médecin qui a réalisé l'autopsie.

J'avais les lèvres qui tremblaient, mais je mis toute mon énergie pour rester hautaine et impassible.

Le policier s'empressa d'écrire un nom et un numéro sur le bout de papier que je lui tendis. Ensuite, il ramassa son dossier et s'en alla.

De retour dans la cuisine, je remis les chaises en place avec fracas, puis je me dirigeai vers le bureau, avec l'espoir vague d'y trouver des réponses. La vue des piles de dossiers me découragea, je fis demi-tour et claquai la porte, montai dans ma chambre en tapant les talons sur les marches, avant de me jeter sur le lit et de me couvrir la tête d'un oreiller.

Le morceau de papier était toujours dans ma main, froissé. Je le contemplai.

Ne pas trop réfléchir, avancer.

Je pris mon téléphone posé sur la table de nuit et composai le numéro.

***

Les mots du légiste parvinrent lentement jusqu'à mon esprit. « C'est plus que probablement un suicide, mademoiselle. Je suis navré. »

« Plus que probablement. » Sur l'échelle allant du doute le plus complet à l'entière certitude, ça valait un huit. La cause de la mort de mon père atteignait le score de huit sur dix. Pourtant, je n'y croyais pas. J'en étais à un petit quatre qui, à certains moments, frôlait le zéro.

Je lançai une recherche sur l'écran de mon smartphone : « causes fréquentes de suicide ». À l'époque, je croyais naïvement que Google détenait les solutions à toutes mes questions. Peut-on encore manger un œuf si la coquille est fendue ? Quelle couleur choisir pour les murs de sa chambre ? Quel âge avait Marcel Proust quand il a écrit *Du côté de chez Swann* ? Pourquoi mon frère ne veut plus me parler ? Quelles démarches accomplir après le décès d'un parent ? Google me donna gentiment une liste : maladie psychiatrique grave, abus de substances, antécédents familiaux, perte de l'espoir ou de l'envie de vivre, difficulté à nouer des relations à long terme avec la famille et les amis, perte significative comme le décès d'un être cher ou un emploi, douleur émotionnelle ou physique insupportable.

Mon père était sain d'esprit, il ne buvait pas et ne se droguait pas, il semblait aller bien la dernière fois que je l'avais vu, il avait des amis, il m'avait moi et, à part ma mère vingt ans auparavant, il n'avait, à ma connaissance, pas perdu d'être cher. Quant aux antécédents familiaux, difficile à vérifier, car ses parents étaient morts longtemps avant notre naissance et il n'en parlait jamais.

J'étais assise sur mon lit, la matinée était bien avancée et je m'aperçus que j'étais encore en pyjama. Le policier n'avait pas fait de remarque.

Tout partait à vau-l'eau. Je ne contrôlais plus rien et je détestais ça. Il faisait chaud. Je pris une douche et mis des vêtements propres. Un tee-shirt noir, un short en jeans noir, puis un trait d'eye-liner et du mascara. Des yeux noirs.

Je me sentais seule. Mon frère ne répondait pas à mes appels. Je lui laissai un troisième message vocal pour lui demander de me rappeler.

On ne balance pas les mauvaises nouvelles par téléphone. J'aurais dû me déplacer, comme il l'avait fait pour m'annoncer le décès de notre père, rouler jusque chez lui. Le regarder droit dans les yeux et lui dire : « Papa ne s'est pas suicidé, je n'y crois pas. » Mais je refusai d'aller sonner à la porte de mon frère. Je ne voulais pas voir sa famille, assister à ce bonheur qui jaillissait d'eux trois. Papa, maman et leur petite fille. Ça me donnait la nausée.

Je décidai de mener mon enquête avant. Le suicide devait obtenir la note de dix sur dix. Sans cela, le légiste pouvait aller se faire voir, et mon frère avec lui.

ROSE

Rose était assise à la table de la cuisine. Elle tenait dans sa main deux crayons, un rouge et un bleu. Devant elle était posé le journal, ouvert à la page des petites annonces. Elle avait augmenté le chauffage après le départ de Léo, pourtant il faisait encore froid. La neige qui couvrait tout dehors lui rappela leur rencontre. Depuis, Stephen King avait publié deux romans. Léo n'en avait lu aucun. Rose se demandait parfois s'il avait ouvert celui qu'elle lui avait prêté. Elle ne l'avait jamais récupéré.

Le crayon rouge lui servait à entourer les offres d'emploi intéressantes, le bleu les petites annonces immobilières. Léo estimait que l'appartement était trop petit. Il voulait s'éloigner de la ville et trouver une maison avec un jardin. C'était devenu son sujet de conversation favori : il imaginait la maison de leurs rêves, la couleur des murs, la taille du jardin, l'emplacement de la balançoire, le nombre de pièces et leur agencement. S'ils avaient eu les moyens, ils auraient acheté un terrain et construit leur maison idéale selon ses plans. Mais les terrains à la campagne étaient chers. Ces temps-ci, tout le monde voulait se mettre au vert.

Ils avaient déjà visité plusieurs maisons proposées par l'agent immobilier auquel Léo avait fait appel. Rien ne lui convenait. Il y avait toujours quelque chose qui manquait. Une chambre supplémentaire, un garage, un grenier, un jardin plus grand, une vue plus agréable, une rue plus tranquille. Rose ignorait si la maison que cherchait Léo existait.

À côté d'elle était posée une liste de critères, qu'elle avait classés par ordre d'importance. La situation calme tenait la première position.

Ensuite venaient la taille du jardin, le garage, le nombre de chambres. Léo en voulait au moins trois. Et si possible un bureau. Pour elle ou pour lui.

Elle posa le crayon bleu pour prendre le rouge. Une offre d'emploi venait de capter son attention. Ses critères à elle étaient bien moins nombreux. Ce qu'elle cherchait, c'était du travail de traduction, peu importe lequel. Si elle pouvait le faire sans se déplacer, c'était encore mieux.

Rose aimait la solitude. Ou plutôt, elle fuyait la compagnie. Elle n'éprouvait pas le besoin de discuter, de partager et, surtout, de s'épancher. Bien souvent, elle ne savait pas quoi répondre, son visage rougissait et elle bégayait. Éviter les autres était plus facile que de faire face à ce désarroi, à cette insuffisance, à cette faiblesse qu'elle ne pouvait corriger.

Elle entoura l'annonce d'un grand cercle rouge. Une entreprise pharmaceutique cherchait un traducteur pour des notices en russe. C'était sa langue de prédilection. Et puis, ça allait bien avec son nouveau nom de famille.

Rose s'amusait parfois à le prononcer lentement, en détachant chaque syllabe : Sti-lin-ski. Depuis leur mariage, elle avait tenté d'interroger Léo sur sa famille. Une seule fois. Léo l'avait fixée en fronçant les sourcils et en serrant les lèvres. D'une voix blanche, il avait lâché : « Mon père était originaire de Russie, je ne l'ai pas connu. Ma mère est morte quand j'étais enfant. » Son attitude (il lui avait tourné le dos et s'était éloigné, après lui avoir adressé un regard lourd de reproches) lui avait fait clairement comprendre qu'il ne dirait plus rien.

Elle prit le combiné du téléphone et composa le numéro indiqué sur l'annonce, tout en répétant mentalement le nom qu'elle allait donner à son interlocuteur. Pour ce genre d'offre, c'était un avantage indéniable…

Le crayon bleu resta couché sur la table ce jour-là.

La nuit d'hiver était tombée lorsque Léo rentra du travail. Le dîner était prêt. Rose s'appliquait à le tenir au chaud. Après avoir ôté son manteau et ses chaussures, déposé sa mallette, Léo prit place à table et attendit d'être servi. Rose apporta leurs assiettes. Ils mangèrent avec le journal télévisé. Il était 19 h 30, Léo avait passé la porte à 19 h 20, comme chaque soir.

Lorsqu'ils eurent tous deux posé leurs couverts, et alors que Rose s'apprêtait à se lever pour débarrasser, Léo prit la parole. Il avait une nouvelle importante à annoncer. Un de ses collègues lui avait parlé d'une maison à la campagne. C'était une nouvelle construction, il n'y avait eu qu'un seul occupant jusqu'à présent, qui vendait pour cause de départ à l'étranger. Elle était située au bout d'une impasse, et elle avait tout ce qu'ils cherchaient. Il avait pris rendez-vous pour une visite le lendemain matin. Il fallait faire vite.

Rose sourit. Elle était heureuse que leurs recherches aboutissent enfin. Puis elle se souvint qu'elle n'était pas libre le lendemain. Un rendez-vous pour la traduction russe. Elle demanda à Léo s'il était possible de décaler la visite, même de quelques heures. Il la regarda comme si elle ne prenait pas la mesure de cette opportunité. Elle baissa les yeux vers son assiette.

– Tu es sérieuse ? Cette maison correspond à tous nos critères. Si on postpose, on risque de la perdre. Il ne peut pas attendre, ce contrat ?

Rose resta silencieuse. Elle attendit qu'il aille s'installer dans le canapé face au présentateur qui interviewait l'invité du jour. Elle se leva et enleva les assiettes et les couverts, les verres et la cruche d'eau, avant de faire la vaisselle.

Ensuite, elle vint s'asseoir près de son mari. D'une petite voix, elle lui dit qu'elle reporterait son rendez-vous. Qu'elle était désolée.

Sans détourner le regard de l'écran qui s'agitait devant eux, Léo leva son bras droit et le passa autour des épaules de sa femme.

ANNA

En fouillant les placards, je parvins à dénicher une boîte de raviolis. Ça ne ressemblait pas à mon père d'acheter ce genre de nourriture, ni d'avoir un frigo vide et une corbeille sans fruits.

J'avais un plan. Avant de le mettre à exécution, il fallait que je me remplisse l'estomac.

Lorsque j'ouvris la porte du bureau de mon père, une vague de chaleur m'enveloppa. C'était désagréable. La pièce était pourvue de grandes baies vitrées qui donnaient vers l'arrière. Toute la matinée, le soleil avait tapé sur les fenêtres fermées, chauffant chaque centimètre cube d'air, chaque centimètre carré de sol, de meuble ou de quoi que ce soit d'autre contenu dans le bureau. Ici aussi, il y avait des cadavres. Des mouches et des moucherons, une grosse guêpe. J'ouvris les fenêtres pour aérer. L'air extérieur était à peine plus frais.

Ma peau était humide de sueur. Le cuir du fauteuil de bureau collait sur mes cuisses et s'en détachait en émettant un bruit de succion chaque fois que je me levais. Le cuir est un matériau qui retient la chaleur. Ça m'était revenu en mémoire lorsque je m'étais assise quelques minutes auparavant, découragée par l'ampleur de la tâche que je m'étais fixée.

Je décidai de procéder méthodiquement, zone par zone. J'ouvris chaque tiroir de la grande table de travail. À part des réserves de stylos et de crayons, de gommes et d'agrafes, de post-it et de trombones, je ne trouvai rien. Je m'attaquai aux piles de documents posées de part et d'autre de l'ordinateur. Je parcourus chaque lettre, chaque facture, chaque feuille de notes. J'en profitai pour trier. Tout ce que je ne jugeais pas utile de garder, je le jetai dans une caisse en carton posée sur le sol dans un coin.

L'après-midi était bien avancée et le soleil avait tourné, laissant une partie du jardin dans l'ombre, alors que je me tenais debout devant les étagères, faisant courir mon regard sur les étiquettes des classeurs. Près du sol étaient placés les plus anciens. Ils dataient de l'époque où mon frère et moi vivions ici. Je m'assis sur le parquet, tendant la main vers 2010. L'année de mes quinze ans, l'année où mon frère était parti en claquant une dernière fois la porte derrière lui.

Les vraies raisons de son départ m'échappaient encore aujourd'hui. Mon frère était un nid à secrets, il en cachait tellement que j'étais persuadée qu'il s'y était perdu lui-même.

Dans notre vie, il y avait eu deux périodes. De la première, il ne me restait que des bribes, des fragments de souvenirs, liés pour la plupart à des odeurs qui, soudain, me revenaient comme de petites vagues. Certaines étaient douces et chaudes, d'autres froides et menaçantes. Mais la silhouette, le visage flou de ma mère y étaient omniprésents.

Au printemps, lorsque je marchais dans la forêt derrière chez nous, l'odeur de la sève qui montait des arbres faisait venir en moi toujours la même image, les mêmes sensations.

Je suis assise sur une couverture posée sur l'herbe, dans le jardin. L'air est doux et lumineux. Je me sens bien et j'observe un grain de beauté sur mon pied. Je me demande si les grains de beauté sont tous là dès la naissance ou s'ils apparaissent sur notre peau au fur et à mesure, car, celui-là, je ne l'ai jamais remarqué auparavant. Je devine à mes côtés la présence de mon frère, des jouets gisent sur le sol entre nous. Ma mère arrive avec un plateau. Dessus sont posés des biscuits et des gobelets de grenadine. Elle sourit, pose un baiser sur mon front. Tout se fige. Une ombre passe et ma mère devient grise, elle s'efface.

Ce n'était qu'un instant fugace, un sentiment de plénitude qui s'interrompait soudain, sans que je me rappelle pourquoi.

L'année de mes cinq ans, ma mère avait disparu et cette absence avait changé nos vies irréversiblement. Mes souvenirs de ce jour étaient confus, mais la rupture était aussi nette et précise qu'une incision au scalpel.

Mon père disait qu'elle ne reviendrait pas, comme les morts enterrés au cimetière.

Déjà à l'époque, seule l'absolue certitude d'un fait me permettait de l'accepter. Et la mort de ma mère accumulait bien trop de doutes et de silences pour être un événement certain.

Pour moi, c'était l'origine du mal. Ce pour quoi mon frère avait cessé de nous aimer, ce pour quoi il était parti dès qu'il en avait eu l'occasion.

Il ne me restait qu'une chose à examiner dans le bureau. L'ordinateur de mon père était posé sur la table de travail. Il était protégé par un mot de passe que je ne connaissais pas.

Je me levai, j'étais restée assise par terre assez longtemps pour avoir des fourmis dans les deux jambes. Je sautai sur place pour rétablir la circulation du sang, puis je m'approchai de l'engin.

Il s'agissait d'un vieux MacBook, lent à la détente et que mon père utilisait rarement. Je tentai plusieurs mots de passe sans succès et décidai qu'il était temps que je sorte de la pièce.

Mon téléphone choisit de sonner à ce moment-là. C'était un employé des pompes funèbres. Il voulait me faire part des dispositions prévues par mon père pour ses funérailles. C'était assez pressant, le décès remontait à l'avant-veille et ils venaient seulement de récupérer le corps. Je pris rendez-vous pour le lendemain à 9 h.

Je raccrochai et posai mon téléphone sur la table. Un papillon blanc était entré, il voletait autour de moi, indécis, et finit par atterrir sur une feuille jaune qui avait glissé sur le sol, attiré sans doute par la couleur. Ce n'était que du papier, il s'envola plus loin. Il n'y avait que du papier ici, rien qui valait la peine de s'attarder. Rien qui aurait pu justifier que quelqu'un se suicide. Les relevés de compte de mon père étaient bons, il n'y avait pas de lettre de menace ou de mise en demeure. Ses rapports avec ses clients et ses collaborateurs étaient cordiaux. S'il y avait quelque chose à trouver, ce ne serait pas dans ce bureau. S'il avait quelque chose à cacher, mon père était assez malin pour ne pas le laisser traîner ici.

J'avais besoin d'obtenir des réponses. Mes recherches ne s'arrêteraient que lorsque le moindre doute serait écarté.

Je décidai d'interroger les voisins de mon père. Ces derniers temps, ceux qui le côtoyaient le plus étaient ceux qui vivaient autour de lui, près de lui, ceux qui le voyaient sortir le matin pour sa promenade quotidienne, ceux qui l'apercevaient lorsqu'il s'occupait de son jardin, échangeant quelques mots avec lui par-dessus la haie.

***

Quand on se plaçait debout dans la rue face aux rangées d'habitations, ce qu'on pouvait apercevoir, c'était surtout des arbres. Derrière, quelques mètres plus loin, il y avait les maisons. La nôtre était la dernière de l'impasse. À droite, un sentier longeait la remise puis montait vers la forêt. Vu sa taille, il s'agissait plutôt d'un bois, mais Léo aimait utiliser le mot forêt et personne ne voulait le contrarier.

La maison située juste à gauche appartenait à un couple qui avait la cinquantaine presque échue, comme mon père.

Leur voiture, un imposant SUV noir, était garée dans l'allée. Le gravier crissait sous mes pas.

J'aurais pu contourner la maison et entrer par la porte du côté, comme lors des apéros de notre enfance, quand ils nous invitaient à profiter de leur piscine. Je n'en fis rien, car je craignais de les surprendre. C'étaient les premiers de la rue à avoir fait installer une alarme.

Il n'y avait pas de sonnette. Pour s'annoncer, il fallait se servir du heurtoir fixé sur la porte. Ce geste, je l'avais tant répété durant mon adolescence que, d'emblée, une salve de souvenirs me frappa, au même rythme que celui de la poignée en métal qui cognait le bois.

Je n'avais jamais eu beaucoup d'amis. Une part de mon enfance, la légèreté des jeux qu'on partage sans se préoccuper de rien, l'insouciance, avaient disparu en même temps que ma mère, laissant en moi un vide obscur et douloureux.

Certains jours, lorsque je me tenais dans un coin de la cour de l'école, forcée de respirer l'air qui vibrait de la joie des autres, lorsque que j'étais assise dans ma chambre silencieuse au sein de notre maison abîmée, c'était comme si mes poumons refusaient de se remplir d'air ou que mon cœur ralentissait jusqu'à s'arrêter complètement. Le vide prenait toute la place. J'avais appris à le faire reculer, mais il était présent en permanence au creux de ma poitrine. Il attendait que mes défenses s'amenuisent pour surgir.

À quinze ans, quand mon frère était parti, je m'étais retrouvée seule avec mon père. C'est à cette époque que j'avais rencontré Laure. Chez elle, la sonnette de l'entrée était toujours en panne, si bien que le heurtoir était la seule façon d'avertir de sa présence. Sa maison était encore là, quelques rues plus loin. Je connaissais le chemin par cœur. Mes pieds pédalaient en mode automatique. Une légère montée, puis une grande descente avant d'arriver. Dans l'autre sens, c'était l'inverse, ce qui rendait les retours d'autant plus difficiles.

Il y avait bien longtemps que Laure et sa mère n'y vivaient plus.

La première fois que j'avais vu Laure, elle était assise au fond de la classe de français, à côté de ma place habituelle, sur la chaise qui restait toujours vide. Ça m'avait contrariée.

Elle était la nouvelle, celle qu'on regarde avec curiosité pour pouvoir la ranger dans une case avant de décider si elle valait la peine.

Le deuxième jour, elle m'avait adressé la parole et j'avais cru à une erreur. Le troisième jour, elle était descendue du bus au même arrêt que le mien. On s'aperçut qu'on habitait dans le même quartier. Peu à peu, on prit l'habitude de faire nos devoirs ensemble.

Sa mère me fascinait, elle était toujours gaie. Dès le début, elle m'accepta comme un membre de la famille. Toutes les deux, elles me firent découvrir de nouvelles façons de m'habiller, de penser, de manger. Que le thé n'est pas toujours amer et que le chocolat noir est bien meilleur malgré son amertume. Que le choix de nos vêtements nous incombe et que le regard des autres est un carcan duquel il faut s'extraire.

Souvent, après l'école, on écoutait des chansons en anglais des années 1970, on chantait à tue-tête et on dansait en s'emballant dans les foulards chamarrés de l'impressionnante collection de sa mère. Son père, je ne le voyais jamais. Il voyageait pour son travail et ne revenait que le week-end.

Je me sentais bien, chez elles, plus légère. Par contraste, la vie avec mon père me sembla triste et austère.

Les mois passèrent vite. J'imaginais ce que j'aurais pu être si j'avais eu une mère, moi aussi. Une mère comme ça.

L'été de nos seize ans arriva. La mère de Laure m'avait invitée à les accompagner pour deux semaines dans le sud de la France et j'avais, péniblement, obtenu la permission de mon père.

Pendant ce temps, le vide en moi guettait et attendait son heure. Il savait que toutes les bonnes choses ont une fin.

On ne partit jamais en vacances. Quelques jours avant notre départ, elle surprit son mari dans les bras d'une autre. Laure s'éloigna de moi pour rester auprès d'elle. Elle craignait de la laisser seule. Le divorce fut long et compliqué.

À la rentrée, elles déménagèrent. Dans ma garde-robe, le noir remplaça définitivement les couleurs.

J'étais figée, perdue dans mes pensées, si bien que lorsque la porte s'ouvrit, je sursautai. L'espace d'un instant, j'avais oublié pourquoi j'étais ici. La voisine parut contente de me voir, elle me proposa d'entrer. Je la suivis dans la fraîcheur de l'intérieur.

Son mari était assoupi au salon dans un canapé en cuir beige. La télévision diffusait en sourdine un reportage animalier. Ça me rappela les dimanches après-midi avec mon père.

Je m'assis en face de lui sur un fauteuil garni de coussins épais et colorés. La voisine m'apporta un verre de thé glacé.

J'étais nerveuse. Ce que j'avais à dire, je n'avais pas envie de le faire passer après les formalités au sujet du temps qui passe et qu'il fait. Mes hôtes avaient les yeux levés vers moi et attendaient. Sur l'écran à ma droite, un immense troupeau de buffles traversait une rivière, sous une chaleur brûlante qui ajoutait quelques degrés à celle que nous subissions depuis plusieurs jours. Je décidai de parler sans détour.

– D'après l'autopsie, mon père…

Les mots eurent du mal à sortir, comme s'ils étaient coincés au fond de ma gorge. Je n'avais pas prévu que ce serait si dur. Que prononcer le mot « suicide » me demanderait tant d'effort. Je tentai un autre angle d'approche. Pendant ce temps, la voisine me regardait avec curiosité et compassion, et le voisin fixait le verre de coca avec glaçons qu'il tenait dans sa main droite. J'inspirai.

– Un policier est venu ce matin. Peut-être que vous avez vu sa voiture.

J'attendis un encouragement, la voisine répondit qu'elle n'avait rien vu, son regard vers moi se fit plus vif.

– Il est venu pour me dire qu'on avait reçu les résultats de l'autopsie.

La phrase suivante se réduisit à un seul mot, que je parvins à sortir de justesse avant de produire un hoquet qui me sembla ridicule : « Suicide. »

À ce stade de la conversation, j'avais prévu de les questionner, mais je restai assise, usant de toutes mes forces pour ne pas pleurer. Les digues étaient prêtes à lâcher et je pressentais que l'inondation serait terrible. Il ne fallait surtout pas que ça se produise ici.

Le voisin ne bougeait plus, comme si tout Netflix s'était trouvé dans son verre. Ça semblait passionnant, si bien que je me surpris à fixer ma propre limonade.

La voisine avait agrandi les yeux, relevé les sourcils.

– Oh, mon Dieu ! Je suis désolée !

Je la regardais. Elle semblait bouleversée.

– La dernière fois que je l'ai vu, c'était la semaine dernière, il était venu m'apporter des courgettes parce qu'il en avait récolté beaucoup. Il avait l'air bien… J'ai vraiment du mal à y croire…

Je bus mon verre d'Ice Tea d'un seul coup. Il fallait que je sorte d'ici. Elle continua :

– Qu'est-ce qu'on peut faire pour t'aider ? Tu as besoin de quelque chose ?

Je n'avais besoin de rien. En tout cas, rien qu'ils puissent me donner.

Lorsqu'elle me raccompagna, avant de me laisser partir, elle me serra dans ses bras. Je fus tellement surprise que je restai debout les bras ballants. Lorsqu'elle desserra son étreinte, je me reculai en la remerciant. Je m'enfuis presque, pressée de retrouver le réconfort de ma solitude.

ROSE

Rose était debout devant la cuisinière de la nouvelle maison. Elle tournait machinalement dans une sauce béchamel. Des grumeaux remontaient de temps à autre à la surface, qu'elle semblait ne pas remarquer. Son regard était tourné vers le jardin, vers le soleil qui réchauffait la terre et les bourgeons. Elle porta une main à son ventre, et l'en retira précipitamment. Elle soupira sans s'en apercevoir, puis ouvrit un tiroir et en sortit un mixeur, qu'elle plongea dans la casserole pour tenter de dissoudre les petites boules de farine qui refusaient de se mêler à la sauce.

La tranquillité et l'air de la campagne lui faisaient du bien.

Ils avaient quitté l'appartement en ville sans regrets, heureux de passer à autre chose, de trouver plus de calme et d'espace. Rose se plaisait ici, sauf lorsqu'elle ouvrait la porte de la deuxième chambre ou qu'elle levait les yeux vers la pelouse vide. Cette vue lui laissait un arrière-goût amer.

Avoir plus de pièces signifiait qu'il fallait les remplir, un jardin sans jeux d'enfants n'avait pas de sens. Léo le lui disait – à moitié – pour plaisanter. Ses allusions régulières et pressantes commençaient à la rendre irritable.

Rose n'était pas prête à être mère. Elle pensait qu'elle ne le serait jamais. Elle ne pouvait pas, ne voulait pas être responsable de quelqu'un d'autre, encore moins d'un bébé ou d'un enfant. Lui confier la vie d'un petit être n'était pas raisonnable. Elle avait essayé de le dire à Léo. D'un sourire, il balayait ses craintes comme si elles n'existaient pas.

Il était difficile de s'opposer aux volontés de Léo. Rose l'avait compris, elle ne perdait plus son énergie à cela. Ses propres souhaits n'avaient pas de poids face à ceux de son mari. En s'appliquant, elle parvenait à éviter les tensions et les disputes. Elle l'aimait, plus qu'elle-même. Le reste n'avait pas d'importance.

Léo lui avait donné carte blanche pour la décoration et l'ameublement de la nouvelle maison. Avec de la patience, elle était parvenue à dénicher de quoi rendre leur intérieur doux et chaleureux, à laisser son empreinte. Elle s'était aménagé un bureau au rez-de-chaussée, qui donnait sur le jardin. À l'étage, dans la chambre de derrière, elle avait installé la table à dessin de Léo. Quand il y travaillait, il pouvait observer la forêt qui s'étendait au-delà de leur propriété. Leur maison était la dernière avant l'orée du bois. C'est ce qui avait séduit Léo dès leur première visite.

Rose occupait ses journées avec quelques contrats de traduction, en plus du ménage, des courses et de la préparation des repas. Il n'y avait pas de place pour autre chose. Léo et elle avaient trouvé le bon rythme, celui qui leur permettait de vibrer chacun à leur fréquence tout en ne perturbant pas celle de l'autre. Leur vie était tranquille et obéissait à une série de régularités qui la maintenaient dans un équilibre précaire. Rose en avait conscience.

Jusque-là, elle était convaincue que le destin, Dieu, ou toute autre entité supérieure refuserait qu'elle soit mère. Dès lors, un oubli dans les précautions qu'elle s'imposait pour ne pas tomber enceinte ne l'inquiétait guère.

Même si, depuis quelque temps, elle sentait quelque chose de nouveau en elle. Un infime changement, de subtiles transformations de son corps et de son humeur. Elle se forçait à croire que ce n'était rien, tout au plus une maladie passagère, et que tout rentrerait bientôt dans l'ordre.

Ce jour-là, elle avait vidé le paquet de farine et il n'en restait plus assez pour la béchamel. Elle s'était rendue chez la voisine de gauche. L'avant-dernière maison avant l'impasse. C'était un mardi d'avril. Il faisait encore frais et Rose avait enfilé son manteau de laine pour sortir. Elle était revenue depuis dix minutes avec le pot de farine qu'elle avait emprunté et elle n'avait toujours pas ôté son manteau. Elle frissonnait. Ses épaules tressautaient malgré la chaleur des plaques de cuisson devant elle. Elle n'était pas restée longtemps dehors, sa sauce était sur le feu (elle avait pris soin d'éteindre le gaz avant de partir). Elle se serait bien attardée pour bavarder, car elle commençait à apprécier la voisine. Elles avaient le même âge toutes les deux, et pas mal de sujets de discussion communs, sauf lorsqu'il s'agissait des bébés. La voisine et son mari avaient beau essayer d'en avoir un, chaque mois, le verdict tombait sans appel.

Ce jour-là, Rose était pressée. Elle voulait seulement de la farine. Or la voisine l'avait dévisagée avec insistance, avait observé sa silhouette sous son manteau entrouvert, interrogée sur sa santé, les raisons de ses cernes et de son inhabituelle pâleur. Elle lui avait demandé si elle cachait quelque chose. Les symptômes ne trompaient pas. Elle les avait tellement traqués chez elle qu'elle pouvait les remarquer d'un coup d'œil chez une autre.

Rose retira le mixeur de la casserole. Elle prit une cuillère dans le tiroir pour goûter la sauce : les grumeaux étaient partis. Léo allait bientôt rentrer du travail, elle n'avait pas de temps à perdre. Il fallait encore égoutter les chicons, les enrouler dans les tranches de jambon, les disposer dans un plat et les recouvrir de sauce. Puis s'occuper des pommes de terre.

Elle ne voulait que de la farine, mais elle était revenue avec autre chose. Un doute qui commençait à grandir, à prendre toute la place dans sa tête et son corps. La voisine était certaine de ne pas se tromper. Rose n'était plus seule. Quelques centimètres de vie étaient en train de grandir en elle.

Le lendemain, elle prit le bus jusqu'au village d'à côté. Elle se rendit à la pharmacie de la Grand-Rue et acheta un test de grossesse. Lorsque Léo s'installa dans le divan après le repas du soir, elle se glissa près de lui sans faire de bruit. Elle prit une inspiration profonde et, tout en regardant l'écran de télévision, elle annonça qu'elle était enceinte. Léo la regarda avec les yeux brillants, avant de s'agenouiller devant elle et de la serrer dans ses bras. Son bonheur était contagieux. Rose parvint à penser qu'il s'agissait d'une bonne nouvelle.

Son ventre s'arrondit et, en même temps, elle se sentit envahie de quelque chose qu'elle avait oublié, qui lui faisait peur, mais qui la comblait. Léo la couvait comme un bien fragile et précieux. Elle prit plaisir à s'habiller pour mettre en valeur sa nouvelle situation.

Paul naquit sept mois plus tard. Rose fut soulagée que son bébé soit un garçon. Lorsque la sage-femme posa le tout petit être sur son ventre et que ses yeux rencontrèrent le regard déjà bien éveillé de son fils, elle tomba amoureuse une deuxième fois. Elle fut stupéfaite qu'une telle chose soit possible, qu'un tel miracle ait lieu.

Chapitre 3
Vert

ANNA

Lorsque l'alarme de mon téléphone se manifesta, mes yeux étaient ouverts depuis longtemps, fixés sur le plafond.

On était vendredi. D'habitude, je déjeunais avec mon père. On se donnait rendez-vous à mon appartement et on se baladait avant de s'arrêter à notre restaurant favori, à deux rues de la mienne. On commandait toujours le lunch.

À la place, j'avais rendez-vous avec l'employé des pompes funèbres pour régler les derniers détails de son enterrement. Mon père avait tout planifié. Le choix du cercueil et de l'urne, le déroulement de la cérémonie.

Je ne comprenais pas son choix d'être réduit en cendres. On en avait discuté après la mort de ma grand-mère. Je lui avais dit que je préférais un enterrement comme celui-là, un cercueil qu'on enfouit dans le sol au cimetière, avec une stèle à la mémoire du défunt, un endroit où se recueillir. Un lieu où on a l'impression que la personne qu'on a aimée vit encore, sous terre, couchée dans une boîte, comme s'il s'agissait de sa nouvelle demeure et qu'on venait lui rendre visite.

La réalité des choses, les vers, la décomposition, tout ça me traversait parfois l'esprit, mais je chassais loin ces images. Le fait que le corps de mon père allait être brûlé, qu'il n'allait rien rester de lui à part une urne remplie de cendres, c'était comme s'il mourait une deuxième fois.

La veille, j'avais lu sur Internet que les cendres pouvaient être dispersées dans une zone prévue à cet effet au cimetière, la « pelouse de dispersion », ou bien qu'on pouvait louer une loge dans un columbarium pour y placer l'urne, ou encore l'enterrer comme s'il s'agissait d'un cercueil.

Léo ne souhaitait pas qu'on inhume ses cendres, une de ses plus grandes craintes était de pourrir sous terre, dévoré par les insectes. Il voulait rester chez lui, posé sur le buffet du salon à côté de son fauteuil préféré, en face de la grande baie vitrée, pour continuer à admirer les arbres majestueux de sa « forêt ».

Je pouvais demander à garder une partie symbolique des cendres dans une petite urne, si petite qu'on peut la porter en pendentif. Je trouvais ça sinistre. Non seulement d'avoir les cendres d'un mort sur soi, mais de les séparer, de diviser en deux les restes de quelqu'un, même si la deuxième partie était infime.

Dans les directives qu'il avait laissées, mon père demandait qu'on passe *The End* des Doors avant la crémation. Ce choix lui ressemblait si peu que je m'étais mise à douter. J'avais pris le temps de l'écouter, prêtant attention aux paroles. Mes certitudes de petite fille avaient commencé à se fissurer. Cette chanson était comme un signe, un rapide coup d'œil qu'il nous laissait jeter par-delà l'illusion, une brève entrevue avant de refermer la porte pour toujours, des mots durs qu'il nous jetait à la figure sans explication.

J'avais besoin de me préparer pour pouvoir l'entendre sans flancher devant tous ceux qui seraient présents pour lui dire au revoir. Je savais qu'ils m'observeraient, guettant la moindre larme, le moindre tremblement, et je ne voulais rien leur montrer. La mort de mon père et la douleur qui l'accompagnait n'appartenaient qu'à mon frère et moi. Nous étions la seule famille qui lui restait. Je refusais que les autres volent notre chagrin.

Ce matin-là, un peu étourdie par le manque de sommeil et les nombreuses larmes que j'avais versées depuis la veille, je me rendis au funérarium, emportant avec moi la voix de Jim Morrison. Le ciel ressemblait à une immense mer grise. On aurait dit que, d'un instant à l'autre, il allait nous tomber sur la tête.

En me garant sur le parking, j'aperçus un groupe qui sortait, poussant les doubles portes battantes. Certains avaient le dos courbé et les traits tirés, repliés sur eux-mêmes, d'autres échangeaient quelques paroles avec leur voisin, souriaient même. Aucun n'était seul.

Lorsque j'entrai dans le bâtiment, mon regard fut attiré par une silhouette imposante, massive, que j'aurais pu reconnaître entre mille.

Il était posté dans le hall d'entrée, appuyé au comptoir d'accueil, et il m'attendait. Je le rejoignis à grandes enjambées.

Mon grand-père maternel était une force de la nature, il continuait à se tenir droit et fier malgré les deuils qui s'étaient imposés à lui. Je ne comprenais pas ce qu'il venait faire ici, lui qui était profondément croyant, alors que mon père refusait qu'on l'enterre à l'église. Je le voyais peu, surtout depuis le décès de ma grand-mère. Le fait qu'il ne porte pas Léo dans son cœur n'était un secret pour personne.

Juste après la disparition, mon frère et moi avions passé quelques semaines chez eux. C'était nos premières vacances chez nos grands-parents. Mes souvenirs de ces deux mois se composent essentiellement d'odeurs de nourriture et de lavande, celle que ma grand-mère mettait dans nos vêtements pour repousser les mites. Les repas étaient une succession de nos plats préférés et nous nous empiffrions de sucreries et de gâteaux. À la rentrée de septembre, les visites s'étaient espacées. Progressivement, nous ne les avions plus vus qu'une ou deux fois par an.

Aucune émotion n'émanait jamais de mon grand-père. Il les gardait pour lui cachées, en un lieu profond pour en dissimuler l'accès. Je n'eus droit qu'à une vague tape sur l'épaule en guise de salut et de marque de condoléances.

Voyant mon hésitation, il lança :

– Je suis venu pour toi, pas pour ton père.

Et il se mit en route.

Je le suivis dans un couloir tapissé de lambris, posant les pieds avec précaution sur la moquette qui recouvrait le sol, comme pour étouffer les pas. Tout ici était fait pour étouffer. Le bruit, les pleurs, les cris, le chagrin. Mon souffle s'accéléra. Ma vue se brouilla, mes oreilles bourdonnèrent. Je m'arrêtai et me tins au mur pour ne pas tomber. Je m'accroupis et respirai lentement. Mon grand-père continuait à avancer sans m'attendre.

Je suis toute petite, si petite que je peux serrer les jambes de papa, ma tête n'arrive pas plus haut que ses genoux. Je serre très fort, je ne veux pas me détacher. Papi et mamie sont venus nous chercher pour les vacances. Je ne veux pas partir, je ne veux pas quitter papa. J'ai peur qu'il nous oublie. Papa se baisse pour me parler. Il m'explique que ce n'est pas pour toujours, que ça nous fera du bien. Ce n'est pas vrai, ça fait mal. Je veux maman. Les larmes m'empêchent de voir, les sanglots m'empêchent de parler. Paul me regarde méchamment. Il a déjà dit au revoir à papa. Tout le monde m'attend. Papa a les yeux qui brillent quand il me regarde. Je peux me voir dedans. Je suis toute rouge et j'ai les yeux gonflés. Ça me distrait un peu, j'arrête de pleurer. Papi en profite pour me prendre dans ses bras. Je hurle, je me débats. Papi est très fort. Il ne me lâche pas. Paul est déjà dans la voiture avec mamie. Il ne me regarde plus. Il joue sur sa Game Boy. Lorsque je m'assieds près de lui, vidée, mouillée, il lève les yeux vers moi quelques secondes. Pour me faire voir sa colère. Ses yeux sont noirs. Il ne pleure pas, il n'a pas pleuré. Je ne reconnais plus mon frère.

Je me relevai et rejoignis mon grand-père. Il prenait les choses en main. Je choisis de le laisser faire.

Au retour du funérarium, il était presque midi.

Une brève pluie d'été avait mouillé le sol durant la matinée. La lumière était pleine de promesses. Des promesses vaines, emplies de lâcheté et de miel à l'arrière-goût amer. Il me fallait du noir pour obscurcir les ombres, de la fraîcheur pour taire les échos.

J'avais besoin de mon frère.

J'avais besoin de voir Paul, de lui parler.

Je savais aussi que je l'exaspérais. D'ici, je pouvais voir son visage fermé, ses yeux agacés.

Je m'assis sur une chaise de la terrasse, sans me préoccuper de la pluie qui s'y était accumulée. La chaleur s'intensifiait et ma cage thoracique peinait à se soulever. Le jardin tournait autour de moi. Un bruit s'échappa de la maison. Je n'y pris pas garde, mes mains s'accrochaient aux accoudoirs de la chaise, les arbres voulaient m'emporter dans leur danse. La maison avait levé des barrières, faisant revivre ses habitants disparus, même ceux qui l'étaient depuis si longtemps qu'on avait dissimulé toute trace de leur présence.

Je fermais les yeux et me concentrai sur ma respiration. La porte vitrée menant vers la cuisine était ouverte et, bien qu'il n'y ait personne, j'eus l'impression d'être attirée à l'intérieur. Je me levai et entrai. La maison m'accueillait et m'enveloppait. L'air était lourd, saturé. Chaque pièce avait gardé en mémoire des conversations, des émotions sur des visages, des gestes.

Il aurait fallu que je reste. Pourtant, à cet instant, la fuite fut la seule issue qui m'apparut possible. Je n'étais pas prête à les entendre. Je sortis, tendant la main droite vers la poche de mon pantalon pour vérifier la présence de mon portable.

Les nuages récalcitrants finissaient de s'estomper et le soleil trônait au milieu du ciel immense. J'empruntai le sentier qui longeait le jardin avant de pénétrer dans le bois en une pente légère.

Arrivée en haut du chemin, je dus m'arrêter pour reprendre mon souffle. Je cherchai des yeux une souche pour pouvoir m'y asseoir. Une petite clairière, secrète et calme. Le seul bruit qui se faisait entendre, par intermittence, était le chant des oiseaux. Plus le soleil et la température grimpaient, plus ils se taisaient, tapis sans doute dans un coin d'ombre en attendant la fraîcheur du début du soir.

Je composai le numéro de Paul, prenant de lentes inspirations. La sonnerie retentit cinq fois, puis la messagerie s'enclencha. Je coupai la communication avant d'entendre la voix froide et mécanique qu'il avait utilisée pour enregistrer son message d'absence, comme si c'était la seule qu'il me réservait. Je jetai mon téléphone le plus loin possible. Il rebondit sur un tronc d'arbre et l'écran se brisa. Je me rassis, profitant du calme de la forêt, calquant ma respiration sur celle des arbres.

ROSE

Rose gardait Paul dans ses bras en permanence. Il était inutile de vouloir le lui prendre. Seul Léo y parvenait, qui la laissait décider de tout le concernant. Rose avait besoin de son odeur, de la douceur de sa peau de nourrisson, du duvet de son petit crâne presque chauve, de ses petites mains.

Les mois passèrent.

Les parents de Rose venaient souvent lui rendre visite et admirer leur petit-fils. Rachel aurait voulu pouvoir le cajoler, Joseph aurait adoré l'emmener en balade.

Les saisons s'enchaînèrent.

Un jour, Rose accepta que son père les accompagne au parc.

Paul portait sa casquette neuve. La courbe des températures était montée en flèche depuis quelques jours. Ses joues, ses bras et ses jambes luisaient de crème solaire, et cette odeur de vacances montait agréablement au nez de Rose qui le tenait serré contre elle. Le petit garçon se tortillait, pressait pour marcher et courir. À la vue de l'aire de jeux, Rose ne fut plus capable de le contenir, il fila directement vers le toboggan jaune. Le parc était désert, on entendait au loin les enfants qui jouaient dans la cour de récréation de l'école du quartier. Rose souriait, la chaleur et les effluves du printemps anesthésiaient ses inquiétudes. Elle s'assit sur un banc à l'ombre, laissant Joseph s'occuper de son petit-fils. Elle ôta son pull, qu'elle déposa près de celui de Paul. Elle était fatiguée, Paul dormait mal, des cauchemars le réveillaient la nuit.

Elle se laissa aller, s'assoupit quelques instants, bercée par le chant des oiseaux et le chuchotement des arbres. À ses oreilles retentissaient les cris de joie du petit garçon, chaque fois qu'il glissait sur le toboggan. Elle entendait les encouragements rassurants de son père. Elle s'endormit.

Un cri plus vif la réveilla. Des pleurs d'enfant, ponctués d'une voix d'adulte. Rose se leva d'un coup, étourdie, et courut vers les balançoires. Paul était assis par terre dans le sable. Il pleurait. Joseph tentait de le calmer, il refusait tout contact avec lui. Dès que Rose eut passé ses bras autour de lui, il s'apaisa, jetant au passage un coup d'œil à son grand-père.

Rose décida que la sortie était finie. Son père tenta de la dissuader, mais elle n'entendait rien. Elle regardait devant elle, les sourcils froncés, Paul dans ses bras.

Joseph rentra chez lui d'un pas pesant. Il avait perdu quelques centimètres en une après-midi, ses épaules étaient courbées. « Rien de bon ne peut se produire quand on a peur comme ça. J'ai un mauvais pressentiment, Rachel. »

Rachel tenta de l'apaiser en vain. Elle se sentit impuissante et, sans s'annoncer ni faire de bruit, un infime sentiment de doute commença à envahir son esprit.

ANNA

La nuit précédant la crémation, je dormis peu, craignant le sommeil et les souvenirs qui resurgissaient, comme si la maison les abritait encore derrière les murs, par-delà les papillons du papier peint. Je finis par tomber endormie, jusqu'à ce qu'un cri me réveille. La maison était vide, il n'y avait que moi. Je sus qu'il s'agissait du mien.

Je me rappelais mon rêve distinctement. Le même visage, les mêmes bras tendus vers moi. Lentement, je m'assis et ouvris les yeux, laissant mon cœur reprendre un rythme normal. Accrochant mon regard à la fente de lumière sous le store mal fermé. J'eus à nouveau six ans, sept ans, huit ans, dix ans. Le cauchemar persistait. J'appelais mon père pour qu'il me rassure. Personne ne vint.

Léo était parti. Son corps reposait dans un cercueil en bois bon marché. Dans quelques heures, il ne resterait que des cendres.

Péniblement, je me levai. J'essuyai mes joues d'un revers de la main. Mes pieds me guidèrent jusqu'à la chambre de mon père. Près du lit sans draps ni oreiller, mes genoux se plièrent, tremblants. Je m'assis sur la moquette du sol.

J'ouvris le placard, enfouis mon visage dans le peignoir accroché à un cintre, entourant de mes bras son vêtement. C'était ses genoux et je m'accrochai. Je ne voulais pas qu'il parte. Je serrai plus fort. Mes mains se refermèrent l'une contre l'autre.

Mon grand-père vint me chercher pour m'emmener au crématorium. Comme un pied de nez aux choix de mon père, il glissa un CD dans le lecteur : le Requiem en ré mineur de Fauré, qui emplit l'habitacle de ses notes puissantes. Le doute n'était plus permis quant à notre destination, la marche arrière n'était plus une option.

Devant les portes, je reconnus de loin des amis et des collègues de mon père, des voisins.

Ils attendaient, serrés par grappes les uns contre les autres. Lorsqu'ils m'aperçurent, leur visage s'éclaira un bref instant. Certains vinrent me saluer, la bouche à l'envers et les yeux tristes. Je dus subir la pression de leurs longues mains autour de moi. Je me dégageai pour chercher mon frère. En vain.

Il était l'heure. J'ouvris la marche et entrai dans le hall. Un employé nous accueillit et nous invita à le suivre.

On nous conduisit dans une salle où des haut-parleurs diffusaient une musique douce. Des chaises étaient disposées en arc de cercle de part et d'autre d'une allée centrale. Je m'avançai au premier rang, devant la boîte qui contenait le corps de mon père pour quelques minutes encore. J'étais le seul membre de la famille du défunt, la rangée était vide. Bon nombre des visages qui m'entouraient m'étaient inconnus, à tel point que je me demandais si je ne m'étais pas trompée de salle.

C'est à ce moment que Paul fit son apparition, bousculant plusieurs personnes pour venir se placer sur la chaise à ma droite. Il était seul. Isabelle, sa femme, n'avait pas jugé utile de faire le déplacement. Mes yeux se mouillèrent malgré moi. Je pris une inspiration profonde et clignai des paupières, évitant de tourner la tête vers mon frère.

L'employé avec qui j'avais préparé la cérémonie entra et vint se poster derrière le lutrin, sur la petite estrade qui surplombait la salle. Il prit la parole et proposa d'écouter le morceau de musique choisi par le défunt. J'avais décidé de ne pas flancher. On entendit quelqu'un se moucher bruyamment. Lorsque la voix de Jim Morrison se tut, je jetai un rapide coup d'œil vers mon frère. Il demeurait impassible.

Quand toutes les personnes de l'assemblée eurent quitté la salle, je m'approchai du cercueil pour un dernier adieu. Je m'accroupis, l'entourant de mes bras et appuyant mon front sur le bois. Paul posa une main sur mon épaule. Je me levai et lui fis face, des larmes coulaient doucement sur mes joues. Il m'entoura de ses bras durant quelques secondes. Lorsqu'il voulut se détacher de moi, je me rendis compte que je continuais à le serrer.

Sans dire un mot, le visage fermé, mon frère se dirigea vers l'allée centrale pour sortir de la salle. La musique douce continuait de tourner et le croque-mort attendait qu'on sorte pour pouvoir reprendre le cercueil. Je m'imaginais les flammes qui monteraient autour de lui, se nourrissant du bois clair puis de la chair de mon père. Il ne resterait plus rien, le feu allait tout dévorer, il n'y aurait plus que de la poussière.

Si nous ne nous réduisons pas à un corps, s'il subsiste encore quelque chose de nous quand plus rien de tangible ne nous retient à cette terre, un souffle, une âme, une voix, un sourire, un regard, la sensation d'une autre main dans la nôtre, j'espérai que ce quelque chose de mon père ne s'en irait pas trop loin, qu'il ne m'abandonnerait pas encore une fois.

Dans le hall d'entrée, quelques personnes, des amis, des voisins, nous attendaient pour nous saluer et nous présenter leurs condoléances. Lorsque je rejoignis Paul, il discutait avec un ami de notre père. Bientôt, je fus assaillie moi aussi, certains nous assurèrent de leur aide en cas de besoin, d'autres parurent plus tristes que nous, ce qui m'agaça. Bénédicte, la femme de ménage de mon père, me serra dans ses bras en me faisant promettre de venir la voir vite. Elle insista en plantant ses yeux dans les miens. Progressivement, le hall d'entrée se vida et d'autres familles entrèrent.

Je m'assis avec mon frère sur une large banquette en cuir blanc dans un coin. On nous avait prévenus qu'il faudrait attendre avant qu'on nous apporte l'urne. J'essayais de ne pas penser aux flammes.

C'était l'occasion idéale de lui parler du suicide. Les mots tournaient dans ma tête, je réfléchissais à la meilleure formulation pour lui exposer mes doutes. On était assis côte à côte et on regardait devant nous en silence. On observait les gens. À tout instant, Paul pouvait se lever et partir. Le temps m'était compté.

Les mots sortirent soudainement, comme s'ils ne dépendaient plus de moi.

– Un policier est venu avant-hier, il prétend que papa s'est suicidé.

Paul répondit aussitôt :

– Je sais.

– Ils se trompent.

– Si le médecin légiste le dit, c'est que c'est vrai. Il connaît son boulot, non ?

– J'ai fouillé le bureau de papa, j'ai interrogé les voisins. Je suis certaine qu'il ne s'est pas suicidé.

Mon frère me regardait et je devinais à son air qu'il me prenait pour une folle. Une fille perdue que le deuil obscurcit. Il avait tort. Quelque chose ne collait pas.

Au bout d'une heure, on vint nous chercher. Pour nous remettre solennellement l'urne contenant les cendres. Paul me fit signe de la prendre.

C'était fini. Nous quittâmes le crématorium, désireux de nous éloigner au plus vite de tout ça. Les gens, la mort, les sourires forcés et les yeux brillants, les chuchotements et les poignées de main froides et poisseuses.

Il faisait encore plus chaud que la veille. Sur le parking, l'atmosphère était lourde et humide, écrasante. Paul regagna son propre véhicule, promettant de me rejoindre à la maison.

Dans la voiture, je plaçai l'urne sur mes genoux. Cela me fit une impression étrange, je me sentis mal à l'aise d'avoir mon père posé sur moi. L'urne pesait un certain poids. Voyant mon embarras, mon grand-père suggéra de la placer sur le siège arrière. Je me retournai pour la poser sur la banquette et, comme je craignais que les secousses de la voiture la fassent chavirer, je l'attachai avec la ceinture de sécurité.

Le tableau de bord affichait trois ceintures bouclées. Mon grand-père, mon père et moi. Et nous rentrions à la maison, accompagnés d'une violente pluie d'orage.

***

Quand mon grand-père se gara au fond de l'impasse, je vis que Paul était déjà là, assis dans sa voiture à nous attendre pour se protéger de l'averse.

Debout tous les trois dans le bureau, nous prîmes les décisions qui s'imposaient. Sans surprise, Paul me laissait l'usage de la maison. Il lui importait, avant tout, de ne pas devoir s'en occuper, il voulait couper les ponts avec cet endroit. Je savais qu'il pensait que ce n'était qu'une passade, que je changerais d'avis et le rappellerais pour qu'on vende. Pour l'instant, il avait tort.

Après avoir fait un rapide tour de la pièce, soulevé quelques tas de documents, ouvert un ou deux tiroirs, Paul s'appropria l'ordinateur. C'était tout ce qu'il voulait garder.

Je sentais qu'il ne voulait pas s'attarder et qu'il allait fuir encore une fois, estimant qu'il avait rempli sa part du contrat.

Dehors, l'orage était passé. Un air plus frais s'engouffrait par les fenêtres ouvertes. Il faisait sombre dans la maison propre et rangée.

Le sol était froid sous mes pieds nus, je frissonnais. Les gouttes qui tambourinaient sur les carreaux rompaient le calme, créaient un bruit de fond qui nous empêchait de tourner en rond dans nos pensées. Je proposai à mon frère et mon grand-père de prendre un verre. La veille, j'avais fait quelques courses et l'alcool ne manquait pas. Mon grand-père accepta, mon frère se laissa tomber sur une chaise.

Derrière la porte vitrée de la cuisine, le jardin jubilait, accueillait la pluie avec reconnaissance. Les arbres et les arbustes tendaient leurs branches vers le haut, les feuilles dépliées. Mon grand-père et mon frère étaient assis autour de la petite table ronde, tandis que je décapsulais les bières. Jupiler pour Paul, Maes pour mon grand-père. Et pour moi, de la Guinness qui provoqua une grimace de dégoût chez mon frère lorsque j'amenai les verres. On était installés tous les trois, on écoutait l'eau qui tombait du ciel comme si elle allait laver nos peines.

C'est ma voix qui rompit le silence :
– Papa ne s'est pas suicidé. Il ne nous aurait jamais fait ça.
Mon grand-père posa sa main sur la mienne. Elle était chaude.
– Tu sais, la police a peut-être raison.
Je retirai ma main. Il poursuivit.
– Votre père ne vous disait pas tout.
Pendant quelques secondes, chacun regarda devant lui. Les paroles de mon grand-père résonnaient autour de nous, j'aurais voulu les ignorer.
– Qu'est-ce tu veux dire ?
Mon grand-père observait son verre en silence.

Le nom de ma mère n'avait pas encore été prononcé. Pourtant, nous savions tous les trois qu'elle était le nœud du problème. Je me tournai vers Paul et j'eus un mouvement de recul : ses yeux étaient comme deux fines lames, ses doigts serraient son verre si fort que je craignis qu'il le brise.

Il se redressa en bousculant sa chaise. Fixant notre grand-père, il s'adressa à lui d'une voix froide de colère :

– Où est-elle ?

Je ne l'avais jamais vu comme ça. Debout, l'air autoritaire, il ressemblait à notre père. C'était flagrant.

– Léo n'est plus là, merde ! Il n'y a plus rien à cacher, alors arrête de nous prendre pour des cons ! Elle est morte, oui ou non ?

Le visage de mon grand-père se ferma d'un coup. Le dos raide, il ne bougeait plus et je remarquai que ses lèvres tremblaient. Il répondit à Paul d'une voix coupante.

– Tais-toi ! Tu ne sais pas de quoi tu parles.

Il s'interrompit et inspira profondément, puis il continua.

– Si je savais ce qui s'est passé, je vous le dirais. On ne sait pas si elle est morte, on n'a jamais retrouvé de corps.

Il but une gorgée de bière. Mon frère s'était rassis.

– Quand un adulte majeur a disparu depuis dix ans, il est officiellement déclaré mort par l'administration. Pour l'État, ma petite Rose n'existe plus. C'est tout ce que je peux vous dire.

Il leva les yeux vers nous.

– J'ai longtemps cherché, j'ai espéré. En vain. J'étais en colère contre votre père de laisser tomber au bout de quelques mois. Je lui en ai voulu de vous demander de faire comme si elle était morte alors qu'on n'avait aucune certitude… Je suppose qu'il voulait vous épargner cette attente permanente. Ce doute insupportable.

Il soupira. Dehors, le soleil avait repris ses droits et chassé les dernières gouttes.

– Léo aimait votre mère, il l'aimait à la folie. Vous aussi, il vous aimait. Le reste n'a plus d'importance. Léo est mort avec ses secrets, ce sont peut-être eux qui l'ont poussé à en finir.

À mon tour, je haussai la voix.

– Quels secrets ?

– Je n'en sais rien, je vous l'ai dit ! Ce dont je suis sûr, c'est qu'il était trop lisse pour ne rien cacher.

Il se tut. Je compris qu'il estimait en avoir assez dit. Mon frère tenait sa tête entre les mains comme si elle était devenue trop lourde pour ses épaules.

Mon grand-père s'était mis debout.
– Je n'ai plus rien à faire ici.

Lorsqu'il fut parti, Paul rassembla ses affaires, ses yeux évitèrent les miens. Je tentai de le retenir, il m'écarta d'un geste. Il avait retrouvé le regard froid et impassible qu'il me réservait. Il allait rejoindre le foyer où sa femme et sa fille l'attendaient, cette vie dont j'étais malheureusement exclue.

On dit que le silence est assourdissant, ça peut sembler bizarre, mais c'est vrai. Parfois, on se surprend avec les mains sur les oreilles pour ne pas l'entendre. On le fuit pour éviter qu'il nous entraîne avec lui comme dans un trou noir. On a peur de ne plus jamais entendre la voix de ceux qu'on aime quand ils nous ont quittés. On a surtout peur de l'oublier. On a peur de ne plus être capable de rire, parfois on n'arrive même plus à parler. Quand le silence et le vide ont pris toute la place.

Était-ce ce sentiment qui avait envahi mon père ? Pensait-il encore à ma mère ? Après tout, si c'était avec ça qu'il devait vivre, jour après jour, année après année, la cause de sa mort était peut-être un suicide.

Je n'étais pas suffisante pour qu'il reste, pas plus que je ne l'étais pour ma mère. Ni mon frère ni moi n'étions assez importants à leurs yeux.

Il ne restait que des cendres. Un pot ventru gris et luisant qui allait prendre place dans le salon, que j'allais devoir regarder tous les jours avec un pincement au cœur. Je n'avais pas envie de le voir. Et juste après, je me surprenais avec l'urne dans mes bras serrés, comme si c'était mon père. Et c'était véritablement lui. Lui sans vie, des poussières, des particules noires. Lui transformé, brûlé, sans consistance, sans membres, sans yeux, sans bouche, sans oreilles pour m'entendre, sans rien à agripper pour me consoler.

Même après ce que je venais d'apprendre, ou sous prétexte qu'il était mort, je ne pouvais pas arrêter d'aimer mon père.

Il était tard. Je décidai de monter me coucher. J'emportai l'urne dans ma chambre pour éviter d'être seule. Le sommeil mit du temps à venir. Les souvenirs trop nombreux s'entrechoquaient dans ma tête. Je n'avais plus la force de les contenir.

Je suis couchée sur les dalles de la cour. Le sol est dur, j'ai froid et j'ai peur, mais je ne veux pas qu'elles le voient. J'ai mal tout le temps, les coups s'enchaînent trop vite. Je ne crie pas. Je ne pleure pas. Je ne bouge pas et j'attends que ça passe. Elles disent que je suis laide, que je suis folle, que ma mère est partie à cause de moi. Je veux juste qu'on me laisse tranquille. Quand ça s'arrête, j'attends un peu avant de lever la tête. Mon frère est là, je reconnais ses baskets bleues. Le soulagement qu'il m'ait sauvée efface la douleur. Puis je vois ses yeux et la joie dans mon cœur se casse. Ils sont durs, ils me regardent de si loin que j'ignore comment le rejoindre. Quand je rentre à la maison, papa me demande où sont passés mes élastiques à cheveux. Je lui dis que je les ai perdus. Il se fâche. Il me demande où j'ai traîné pour être si sale. Je me tais et je baisse la tête. Je mets toutes mes forces pour ne pas le décevoir. J'ai peur qu'il ne m'aime plus, j'ai peur qu'il ne veuille pas d'une fille comme moi.

D'un geste de colère, je repoussai le drap qui me couvrait.

À plusieurs reprises, j'eus l'impression d'entendre des cris étouffés, des voix que je connaissais. Pourtant, la maison était vide. Je me levai pour vérifier que toutes les portes étaient fermées, je plaçai un manche à balai dans le bas de la porte-fenêtre donnant vers l'arrière de la maison, comme mon père le faisait.

Au petit jour, je m'enlisai dans un sommeil agité.

Je marche derrière ma mère dans les couloirs de la maison, elle se retourne de temps en temps pour m'encourager. Soudain, j'entends un bruit dans une des chambres, je détourne les yeux un instant et, lorsque je les relève, sa silhouette a disparu. Je l'appelle, je cours devant moi, j'ouvre des portes, je ne vois personne. Arrivée en haut d'un grand escalier, je l'emprunte pour descendre au rez-de-chaussée. Je suis dans le salon, le fauteuil de mon père est tourné vers la cheminée. Un grand feu illumine la pièce d'une couleur orangée. Je contourne le fauteuil pour vérifier la présence de mon père. Sur le siège, je ne vois qu'un tas noir, des cendres. Je recule d'un pas, horrifiée. Les cendres se mettent à bouger, prenant la forme d'un oiseau. Elles s'envolent, devenues un grand corbeau noir qui, affolé, fait le tour de la pièce pour s'échapper. La maison essaie de le retenir, les fenêtres sont fermées. Je cours pour les ouvrir, et le corbeau s'enfuit, volant loin, vers la forêt.

ROSE

Lorsque Paul dormait, surtout lors des siestes du début d'après-midi, Rose tournait en rond, ne savait pas quoi faire d'elle-même. Depuis sa naissance, elle ne travaillait plus. Léo disait que c'était mieux comme ça.

Il ne restait que quelques semaines avant le prochain anniversaire de Paul. Rose se leva du canapé et éteignit la télévision qu'elle regardait d'un œil distrait, en sourdine. Les images et les voix qui éclataient devant elle ne servaient qu'à meubler le silence. Elle monta l'escalier et tendit l'oreille. Tout était calme. Doucement, elle s'avança vers la chambre de son fils, dont la porte était entrouverte. Paul était allongé dans son petit lit, les yeux clos. Rose aurait pu rester des heures à le contempler.

Elle s'éloigna sur la pointe des pieds. Après les vacances d'automne, Paul s'en irait et elle resterait seule. On était début septembre, l'été s'achevait et une nouvelle année scolaire commençait. Rose appréhendait toujours cette période, même si sa dernière rentrée des classes remontait si loin qu'elle n'aurait pas su en préciser l'année.

En novembre, Paul aurait trois ans, et Léo l'avait inscrit à l'école.

Il disait : « Il faut qu'il grandisse avec d'autres enfants, qu'il découvre le monde. Tu ne peux pas tout lui donner. »

Les mots avaient tourné en boucle dans sa tête. Ce qu'elle donnait à son fils n'était pas assez bien, elle ne remplissait pas les conditions suffisantes à son bonheur. Elle-même n'était pas suffisante.

L'imaginer dans cette école, avec une autre qu'elle pour s'occuper de lui, au milieu d'enfants qui le bousculeraient, qui lorgneraient ses affaires… Elle préférait ne pas y penser. L'école n'était obligatoire qu'à partir de six ans. Paul était trop jeune, trop fragile, il avait besoin de sa mère.

Elle savait que Léo ne changerait pas d'avis, en tout cas pas si quelqu'un (surtout elle) le lui demandait. Il lui dirait qu'elle ne réfléchissait pas, qu'elle était stupide de refuser que son fils aille à l'école, qu'aucune autre mère n'agirait de cette façon. Aucune autre mère.

Malgré ses craintes, Rose s'était mise à douter.

Elle soupira. Sur le calendrier accroché au mur de la cuisine, elle compta les semaines qui restaient avant le mois de novembre. Elle voulait profiter de Paul au maximum avant cela. Ce qui se passerait après lui paraissait tellement sombre qu'elle avait décidé que sa vision de l'avenir s'arrêtait au 1er novembre. Elle refusait de planifier quoi que ce soit après cette date.

Rose ne pouvait pas arrêter le temps, ni le ralentir, ni aller à l'encontre des décisions de Léo. Paul fêta ses trois ans. Le matin du 2 novembre arriva.

Le petit garçon était fier de ses nouvelles affaires : il adorait son cartable rouge, que son père lui avait apporté quelques jours auparavant en rentrant du travail. Il avait reçu un plumier, des marqueurs, des crayons. Aux pieds, il portait ses nouvelles chaussures. Il savait que quelque chose allait arriver, qu'il allait rencontrer d'autres enfants, qu'il allait enfin pouvoir jouer dans la cour de récréation. Il avait hâte d'essayer les modules de jeu qu'il avait repérés lors des promenades avec sa mère. Aussi, il avait peur. Il y avait quelque chose de dangereux, là-bas. Sa mère avait besoin de lui. Elle lui disait qu'il allait lui manquer, elle le couvrait de baisers.

Rose tenait beaucoup à conduire Paul elle-même à l'école pour son premier jour, même si elle retenait difficilement ses larmes. Elle voulait voir l'institutrice, lui expliquer, lui montrer. Elle se tenait debout dans la cour, avec Paul tout contre elle, sa petite main serrée dans la sienne. Autour d'eux, les enfants couraient, riaient, criaient, les parents faisaient signe et s'en allaient. Elle eut envie de prendre son fils dans ses bras et de s'enfuir. De l'emmener loin, de le protéger de tout ça. L'institutrice arriva. Elle lui enleva son fils avec un grand sourire. Elle la rassura, lui dit que tout irait bien.

Paul regardait autour de lui, impressionné. Dans sa main, il tenait encore celle de sa mère, qui refusait de le lâcher. La cloche sonna, il était l'heure. Paul ne pleura pas, il y avait trop de choses à regarder, à découvrir.

Rose le regarda entrer dans le bâtiment avec les autres enfants. Les larmes coulaient le long de ses joues, elle ne les essuyait pas. Elle restait immobile, les bras le long de son corps. Sa main vide encore ouverte, comme si elle attendait que son fils revienne.

Elle passa ce premier jour à pleurer. Rien ne parvint à la consoler. Léo s'attendait à cette réaction, mais en fut agacé.

Les jours suivants, ce fut Léo qui conduisit Paul à l'école. Il avait honte. Il décida de prendre en charge tout ce qui concernait l'école, et donc une grande part de ce qui concernait Paul. Rose se sentit vide, dépossédée de ce à quoi elle tenait le plus, inutile.

Lorsque Paul rentrait de l'école, sa mine était radieuse. Il sautillait, souriait en racontant ce qu'il avait appris, ce à quoi il avait joué et avec qui. Rose, malgré sa peine, ne put que constater que l'école lui était bénéfique.

Après les premières semaines de chagrin, le poids qui serrait sa poitrine et étreignait sa gorge commença à s'alléger. Ses émotions s'atténuèrent et les journées sans Paul lui semblèrent ennuyeuses et vaines. Elle se dit qu'il était temps de trouver du travail. Elle était sûre que Léo approuverait. Il détestait la voir triste et désœuvrée.

Un soir, après avoir couché Paul, elle lui fit part de son idée. Son cœur battait vite, l'enthousiasme la faisait parler fort. Au mot « travail », Léo lui coupa la parole. « Tais-toi, tu vas réveiller Paul ! »

Elle insista. Lui tournant le dos, Léo répondit qu'elle était libre de faire ce qu'elle voulait, du moment qu'elle était là pour Paul et lui. La conversation était close. Il alluma la télé et commença à zapper.

***

Léo était heureux d'avoir un fils. Il lui arrivait parfois de l'observer en silence, de détailler les traits de son visage, la façon dont ses joues se creusaient en deux fossettes attendrissantes lorsqu'il lui faisait des grimaces pour le faire rire, dont son nez se plissait lorsqu'il se concentrait.

Léo aimait emmener son fils à l'école, il aimait la sensation de sa petite main dans la sienne ; ses mains à lui étaient deux fois plus grandes, si bien que celles de Paul disparaissaient lorsqu'il les lui tenait. Il aimait le regard confiant que Paul lui lançait juste avant de rejoindre son institutrice. Avoir un fils, parfois, lui donnait l'impression d'être tout-puissant.

Pour lui, il aurait été capable de tout. Il voulait être un homme exemplaire, il voulait lui donner le meilleur, lui offrir toutes les chances d'avoir une vie heureuse, le protéger du monde tout en le préparant à l'affronter. Il pouvait aussi sentir en lui la boule de rage, prête à sortir si quelqu'un faisait du mal à Paul.

Léo aurait aimé être père plusieurs fois. Dans sa famille idéale, il manquait un deuxième enfant. Il aurait voulu que Rose partage sa vision de leur vie au lieu de chercher du travail. Ces derniers temps n'avaient pas été faciles. Il regrettait de l'avoir laissée à ce point couver Paul, même si la solidité de leur lien l'emplissait de joie. Sa mère à lui ne l'avait jamais aimé comme ça.

Bientôt, ce serait les vacances de Noël. Ils allaient les passer tous les trois en famille. Léo espérait avoir un Noël blanc. La neige lui rappelait le jour où Rose avait levé les yeux vers lui pour la toute première fois.

Quelques jours avant le 25 décembre, Léo et Paul étaient partis depuis peu et Rose prenait une douche. Elle se préparait pour un entretien d'embauche. Une éditrice l'avait contactée afin de lui proposer du travail régulier : des traductions en russe d'albums pour enfants.

Rose était enthousiaste. C'était pour cette raison qu'elle avait choisi de devenir traductrice, la littérature pour la jeunesse était son domaine de prédilection.

Pourtant, elle avait peur. L'éditrice n'allait-elle pas changer d'avis en la voyant ? Sa tenue était prête sur le lit. Une jupe, un chemisier et une veste de tailleur. Du gris. Elle avait fait le choix de la sobriété.

Léo voyait ça comme un jeu, il ne la prenait pas au sérieux, il pensait que c'était une tocade. Il se trompait. Elle avait décidé d'aller jusqu'au bout.

L'eau chaude coulait sur son visage, elle augmenta la température, ça l'aiderait à se détendre. Dehors, il gelait. Le sol était dur et les arbres couverts de givre donnaient au paysage une allure féerique. Elle avait allumé le chauffage d'appoint de la salle de bains ; elle détestait avoir froid en sortant de la douche, tous les bénéfices de la chaleur étaient perdus d'un coup, ses muscles se tendaient, elle tremblait. Elle coupa l'eau, il ne fallait pas la gaspiller. Léo, lui, s'astreignait à des douches très courtes, presque froides.

Ils ne disposaient pas de vraie douche, leur salle de bains n'était équipée que d'une baignoire, autour de laquelle Léo avait fixé un rideau en plastique. En enjambant le rebord, Rose se sentit mal. Sa vue se brouilla et ses jambes ne voulurent plus la porter. Elle s'accroupit sur le tapis de sol. Le souffle du radiateur électrique l'empêchait de frissonner. Au bout de quelques secondes, elle put se relever et saisir une serviette pour se sécher. Elle ne s'inquiéta pas outre mesure.

Elle enfila son tailleur gris et se maquilla légèrement les yeux, avant de sortir du placard ses escarpins noirs. Un cadeau de Léo.

L'entretien se déroula sans accroc. Elles parlèrent de l'organisation du travail, l'éditrice lui demanda si elle avait des enfants. Rose la rassura. Elle avait un fils qui la comblait et aucun projet d'en avoir un deuxième.

Ce jour-là, Rose oublia la sensation de manque qu'elle ressentait lorsque Paul était loin d'elle. Les images de chute, de bagarre, les images de son fils seul et malheureux au milieu de la cour ne vinrent pas la perturber. Elle commença à voir plus loin, à penser à leur vie qui s'annonçait heureuse.

Lorsque Léo revint du travail avec Paul, elle eut envie de lui annoncer la bonne nouvelle sans attendre.

Léo vit tout de suite que quelque chose était différent chez Rose. Elle souriait toujours quand Paul rentrait de l'école, mais, cette fois, il ne s'agissait pas du soulagement de pouvoir serrer son fils dans ses bras. Rose resplendissait. Léo se mit à espérer. Il observa sa femme, tenta de deviner si la courbe de son ventre avait changé.

Rose avait trouvé du travail.

Léo lui laissa Paul, prit sa mallette et monta s'enfermer dans son bureau, lui demandant de ne pas prévoir le repas trop tard.

Le bonheur de Rose descendit comme un soufflé dans lequel on aurait fait un petit trou, minuscule, mais suffisant pour laisser sortir tout l'air qui avait réussi à s'y accumuler.

Paul était assis par terre dans le salon, il avait sorti sa collection de petites voitures et s'amusait à les faire rouler sur les chemins colorés qui sillonnaient le tapis. À nouveau, Rose sentit ses jambes se dérober, ses oreilles bourdonnèrent. Dans sa chute, elle heurta l'accoudoir du canapé. Elle entendit à peine le bruit. L'instant d'après, elle discerna le visage de Léo penché sur elle.

Lorsque Léo l'obligea à aller voir un médecin, elle ne protesta pas.

La prise de sang révéla ce qu'elle avait redouté : elle était à nouveau enceinte. Léo fut fou de joie. Il ne pouvait rêver mieux comme cadeau de Noël.

Rose préférait ne pas penser à l'issue de cette grossesse. Il lui restait huit mois. Une autre fin était encore possible. Son corps pouvait ne pas le supporter, le fœtus pouvait ne pas résister à sa tristesse, sentir qu'il n'y avait pas de mère prête à l'accueillir.

Malgré tout, son ventre s'arrondit, elle se mit à porter des vêtements plus amples. Ce fut la seule chose qui changea dans son comportement. Pendant que Paul était à l'école, elle traduisait des livres qu'elle lui lisait le soir avant de le coucher. Elle parvint jusqu'au bout à combiner son travail, le ménage et les courses. Elle était fatiguée, mais elle continua à se lever la nuit lorsque Paul faisait des cauchemars, à s'occuper de son petit garçon, à être présente pour lui à tout moment. Elle n'avait pas de place pour un deuxième enfant. Elle n'était pas assez forte.

Dans le courant du neuvième mois, Léo insista pour qu'elle l'accompagne au centre commercial. Il fallait acheter des pyjamas, des meubles pour la chambre. Léo avait décidé que son bureau à l'étage deviendrait la chambre du bébé. Il reprendrait la pièce du bas, celle de Rose. Être mère de deux enfants était un travail à plein temps. Un travail pour lequel un bureau n'était plus nécessaire.

Après la naissance du bébé, elle arrêterait de travailler. Rose l'avait su dès le départ. Léo n'avait pas besoin de mots pour se faire comprendre. Elle savait décoder ses postures.

Rose ne voulut pas connaître le sexe du bébé. Il fallait que ce soit un garçon.

Lorsqu'elle mit au monde, après des heures de travail, une adorable petite fille, elle refusa de pleurer. Il fallait qu'elle soit forte. Les larmes ne l'écoutèrent pas, elles coulèrent jusqu'à ce qu'elle soit vidée, déshydratée. Les infirmières ne s'inquiétèrent pas, c'était une réaction courante après un accouchement. Tout allait rentrer dans l'ordre.

La petite Anna ne dormait pas beaucoup, elle pleurait souvent. Les seuls moments où elle semblait paisible étaient ceux qu'elle passait dans les bras de sa mère. Seul son contact parvenait à la rassurer.

Le visage de Rose devint plus pâle, les poches sous ses yeux s'élargirent et s'assombrirent. Léo lui reprocha son manque d'entrain. Ses sourires étaient rares. Toute l'énergie qui lui restait, elle l'utilisait pour s'occuper d'Anna, pour la nourrir et la garder dans ses bras jusqu'à ce qu'elle s'endorme. Son fils avait été son soleil, il avait insufflé de la joie et de la vie en elle. À l'inverse, Anna prenait tout. Il ne restait rien. Excepté la culpabilité, sa plus fidèle compagne, qui était revenue s'installer si vite qu'elle occupait déjà tout l'espace.

Paul ne comprenait pas pourquoi tout avait changé. Il en voulait à cette petite sœur qui lui avait volé sa mère. À cause d'elle, sa mère était triste, elle ne jouait plus avec lui. Un jour, Rose le surprit en train d'arracher la tétine du bébé. Une autre fois, il bouscula le couffin, qui le gênait pour faire rouler ses voitures. Léo le punit et il ne recommença plus. Rose se sentait impuissante, rien ne se déroulait correctement. Elle ne parvenait pas à être la personne qu'elle aurait voulu être ni celle que Léo aurait voulu qu'elle soit.

Chapitre 4
Bleu

ANNA

La lumière du jour inondait la chambre lorsque je me levais.
Je n'avais dormi que quelques heures d'un mauvais sommeil. Un sommeil que j'avais dû attendre jusqu'à l'entame de l'aube.
Je pensais en avoir terminé avec elle, j'avais écouté mon père. Peu importe qu'il n'y ait pas eu d'enterrement ni de plaque au cimetière.
Ce n'était pas le cas de mon frère. Pourtant, durant toutes ces années, pas une fois il n'avait prononcé son nom.
J'aurais dû me lever. Il fallait que je consulte mes mails. La vie continuait et les quelques jours de congé que je m'étais octroyés seraient bientôt derrière moi. Je rabattis le drap au-dessus de ma tête, comme lorsque je me cachais dans mon lit en croyant que mon père ne me verrait pas. Il y a longtemps, je le faisais aussi avec ma mère.
Les papillons sur les murs de ma chambre, c'est elle qui les avait choisis. Le lit dans lequel je dormais, la garde-robe dans laquelle j'avais rangé mes affaires, elle avait décidé de les acheter en blanc pour me faire plaisir, alors que mon père préférait la couleur du bois. J'avais beau essayer de fuir, elle était tout autour de moi.
Comme si elle avait attendu que mon père s'en aille pour revenir. Dans ma tête, dans mes pensées et dans mes rêves.
L'urne avec les restes de mon père était posée sur la commode. Je ne voulais plus la voir. Je la saisis des deux mains pour l'éloigner. Sa place était dans la chambre de mon père, avec tout ce qui le concernait, derrière une porte close.

Dans le couloir de l'étage, le thermomètre affichait trente degrés. La douche que je venais de prendre ne m'avait rafraîchie qu'un bref instant, malgré l'humidité dont ma chevelure était encore imprégnée.
Ma chambre donnait sur l'arrière, plein sud. Assise sur la chaise de mon petit bureau, je pouvais sentir mon sang bouillonner. Je me

souvins des jours de canicule, lorsque ma mère était encore là. Je me souvins qu'à sa façon, elle m'aimait.

Il fait chaud et j'ai les cheveux mouillés. Je ne supporte pas cette masse humide sur mon crâne, qui dégouline sur mes épaules. D'habitude, maman sèche mes cheveux avec le sèche-cheveux. Cette fois, elle refuse. Je crie, je piétine et j'enrage. Il fait très chaud et ma tête est froide. Je déteste cette sensation. Maman me parle. Ma colère m'empêche de l'entendre. Elle me secoue en me regardant droit dans les yeux. Elle me dit que je suis vraiment stupide, qu'on n'utilise pas de sèche-cheveux en pleine canicule. Elle me gifle. Je me tais, je retiens mon souffle et mes larmes pendant quelques secondes, avant d'éclater en sanglots. Elle se calme et me serre dans ses bras en me demandant pardon. J'ai l'impression étrange de l'entendre pleurer.

***

Dehors, on entendait les voisins qui discutaient avec des amis sous leur tonnelle, le bruit de l'eau de leur piscine qui donnait envie de s'y plonger. Des odeurs de barbecue parvenaient à mes narines et je m'aperçus que j'avais faim. De l'autre côté de la haie, les voix étaient rondes et réjouies, les rires rayonnaient. Ici, il n'y avait que la tristesse, la fatigue et la solitude. Je ne voulais plus de cette vie-là.

La seule façon d'avancer était de trouver des réponses.
Une idée m'était apparue durant ma nuit d'insomnie.
Dans beaucoup de familles, c'est au grenier que sont entreposés les objets qu'on n'utilise plus, les jouets qu'on a gardés pour les générations à venir et les souvenirs dont on ne veut pas se défaire. Lorsque j'étais enfant, je ne prêtais pas attention aux affaires de mon père ou à l'endroit où il rangeait les nôtres quand nous les délaissions. Ce que je savais, néanmoins, c'est qu'il ne jetait rien.

Dans le jardin, une légère brise rendait la chaleur supportable, mais à l'intérieur, plus on montait, plus l'air était suffocant. Lorsque j'ouvris la porte du grenier, je pensai au reportage que j'avais vu sur la vallée de la Mort, dans le désert des Mojaves en Californie. Certains jours, en été, les températures y dépassent les cinquante degrés. Par réflexe, je reculai d'un pas. Je pris une profonde inspiration, avant de me diriger à grandes enjambées vers la fenêtre de toit que j'ouvris en grand.

De part et d'autre d'un chemin laissé libre se dressaient des piles de caisses en carton, des vieux meubles et des objets abîmés ou inutiles. Des cadavres d'insectes morts gisaient un peu partout. Des essaims de poussière apparaissaient dans les rais de lumière qui s'échappaient des interstices du toit et du Velux ouvert. Je remontais le col de mon tee-shirt pour masquer ma bouche et mon nez.

Des caisses de livres alternaient avec des cartons de jouets d'enfants et des piles de plans dont mon père n'avait plus l'usage.

Je m'accroupis et l'arrière de mes genoux émit un bruit de succion. Je lus les inscriptions au marqueur noir indélébile sur les caisses qui m'entouraient. Sur plusieurs d'entre elles, je déchiffrai le mot « enfants ». L'écriture était trop soignée pour être celle de mon père.

J'ouvris celle qui était la plus proche, évitant pour l'instant d'enjamber ou de frôler les toiles d'araignées. Elle contenait de vieux vêtements. Je lus les tailles notées sur les étiquettes : quatre ans sur une petite blouse à fleurs, huit ans sur un jeans rapiécé. L'année juste avant la disparition. Le dernier été que nous avions passé ensemble. Je ne reconnaissais rien, je refermai la caisse. J'en choisis une autre, plus petite, dissimulée derrière deux plus grosses.

Les couleurs et les matières semblaient indiquer qu'elle contenait des vêtements de fille. J'en dépliai un : il s'agissait d'une robe blanche, ornée de papillons brodés au fil bleu. Je saisis une deuxième pièce, c'était la même robe, légèrement plus grande. Dans la caisse, je reconnus encore le même motif : les papillons bleus sur fond blanc. Je vérifiai les étiquettes : six mois, un an, deux ans, trois ans. Il n'y avait que ça : cette même robe dans plusieurs tailles.

Je me rappelai où j'avais vu ces papillons : c'était les mêmes que ceux des murs de ma chambre. L'air autour de moi vibra. Je fermai les yeux et me concentrai sur ma respiration. Il faisait si chaud que j'eus l'impression d'inhaler de la vapeur. Il fallait que je sorte d'ici. Je replaçai les robes dans la boîte et l'emportai avec moi.

Dans l'escalier de meunier qui menait au premier étage, je vacillai derrière mon chargement. Je parvins à rejoindre la terrasse avec difficulté et lâchai tout sur la table, à l'ombre du lilas qui avait perdu ses fleurs.

J'étalai le contenu de la caisse aux robes devant moi. Peut-être y avait-il de légères différences entre elles, que je n'avais pas pu distinguer dans la pâle clarté du grenier ?

La boîte vide, posée au bord de la table, bascula sur le sol. En me penchant pour la ramasser, je remarquai une inscription à l'encre mauve sur le fond. Je saisis la boîte pour la lire. C'était un prénom : Alicia.

Les robes n'étaient peut-être pas pour moi comme je l'avais cru. Elles étaient pour une autre petite fille, une petite Alicia dont je n'avais jamais entendu parler.

D'un geste, je jetai les robes sur le sol. Je rentrai dans la maison en claquant la porte. J'avais faim, mais je ne voulais pas manger. La tête me tournait et je n'y pris pas garde.

Je n'étais qu'une idiote, une pauvre fille qui ne savait rien, qui ne voyait rien, à qui surtout on ne disait rien.

J'ouvris le congélateur et je sortis le pot de glace au chocolat caché derrière les glaçons, laissant la porte ouverte pour me rafraîchir. Debout, je l'engloutis d'une traite. Je pris une bouteille de coca dans le frigo et retournai au jardin.

Les robes gisaient sur la terrasse. Je les ramassai et les rangeai dans leur boîte. Qui qu'elle soit, cette Alicia ne méritait pas ma colère. Les fautifs étaient soit morts, soit laissés pour morts, soit aux abonnés absents.

Les voisins parlaient fort. Le barbecue était éteint. J'avais perdu la notion du temps. L'après-midi était sans doute en route depuis quelques heures.

Mes jambes tremblaient, je me laissai tomber sur la chaise la plus proche et fermai les yeux un instant.

Je suis assise en classe, tout au fond. Madame Brigitte nous annonce que nous allons préparer un cadeau pour la fête des Mères. Elle semble ravie de son idée : un cadre dans lequel nous allons glisser des photos. Des photos découpées, décorées pour les rendre plus jolies. Elle nous présente un assortiment de ciseaux crantés. Elle nous demande d'apporter, pour la semaine suivante, une photo de nous avec notre maman. C'est un mot que je ne veux plus entendre, je me bouche les oreilles. Mon cœur bat trop vite et j'ai du mal à avaler ma salive. Je sens que je vais pleurer et je ne veux pas. Je serre mes lèvres l'une contre l'autre pour m'empêcher de parler. Je suis en colère. C'est plus fort que moi, je lève le doigt et, sans attendre d'être interrogée, je crie que ma mère est morte. Madame Brigitte le sait bien. Elle me regarde et s'approche de moi pour me parler. Je sors de la classe en courant. Je cours sans m'arrêter jusqu'au bout de la cour de récré, près du grand arbre. Je grimpe, le plus haut possible. Je voudrais sauter en bas, j'espère que je vais me disloquer, disparaître. C'est la seule façon pour que ma mère revienne. Il n'y aura jamais de photos où nous sommes toutes les deux. Il faut que je meure pour qu'elle revienne et rende le sourire à mon frère et mon père. Madame Brigitte est juste en dessous et me dit de ne pas bouger. De toute façon, je suis coincée. Un monsieur que je ne connais pas vient me chercher. Mon père arrive pour me ramener à la maison et il a l'air triste. Je ne veux pas qu'il soit triste à cause de moi. Je vais m'effacer, je vais me faire toute petite pour ne plus gêner mon père. Je vais être la plus sage, la plus polie. Je ne suis pas heureuse, mais c'est tout ce que je mérite.

ROSE

Bientôt, ce fut l'automne. Rose aimait les couleurs des arbres et les reflets du soleil lors des journées lumineuses. Elle aimait aussi le vent et les nuages des jours pluvieux, la douceur des températures qui laissait place à la rigueur de l'hiver.

Un jour d'octobre, elle sortit promener Anna dans son landau pour l'aider à dormir. Il y avait une boutique de vêtements pour enfants qui faisait l'angle entre la rue principale et celle de l'école de Paul. Rose ne s'y aventurait jamais.

Anna avait besoin de nouveaux vêtements et la boutique était tout près. Sans réfléchir, elle bifurqua juste après la boulangerie. Il était 11 h, la cour de l'école était déserte et sans bruit. Anna était allongée dans sa nacelle, calme et au bord du sommeil. La ressemblance avec Léo était frappante. Rose l'observait en retenant sa respiration. Paul avait hérité d'elle ses yeux verts, alors qu'Anna portait le même regard bleu que son père.

En relevant la tête, elle remarqua qu'elle était arrivée. Dans la vitrine, une robe avec des papillons bleus était accrochée à un cintre, mise en scène dans un décor automnal. On aurait dit qu'elle était portée par une fillette invisible qui s'élevait vers le ciel.

Ses mains s'agrippèrent aux poignées de la poussette tandis qu'elle continuait à contempler la devanture qui se cachait derrière ses larmes. Une vendeuse du magasin la remarqua et vint lui demander si tout allait bien. Rose la rassura. Cette robe blanche était magnifique. La vendeuse lui proposa d'entrer, Rose acheta la robe dans toutes les tailles. Après avoir payé, alors qu'elle franchissait le seuil du magasin en maniant les roues du landau pour qu'elles passent la marche sans réveiller Anna, elle aperçut les vendeuses qui se regardaient les sourcils relevés.

À peine rentrée chez elle, Rose vêtit Anna de sa nouvelle robe. Pour la première fois, elle la serra dans ses bras sans se retenir. Anna pleura moins, dormit davantage.

Parfois, quand elle était seule, Rose la prenait près d'elle et l'appelait Alicia. Cela ne durait pas, et elle ne pouvait s'empêcher de s'excuser auprès de sa fille, qui continuait à gazouiller et à sourire, l'air ravi que sa mère lui parle.

Paul surveillait tout cela de loin. Pendant quelques semaines, il sembla triste comme lors d'un chagrin d'amour. Avec le temps, il se contenta de ce que Rose lui offrait et il apprit à aimer sa sœur.

ANNA

Il fallait que je sache qui était Alicia. Debout dans la cuisine, je composai le numéro de mon grand-père sur le vieux téléphone fixé au mur.

La sonnerie retentit huit fois avant qu'il décroche. Je retenais mon souffle, répétant les questions dans ma tête. J'avais décidé de ne pas prendre de détour. Quoi qu'il en coûte, j'avais besoin de réponses.

– Qui est Alicia ?

Un laps de temps interminable précéda la réaction de mon grand-père.

– Je ne sais pas de quoi tu parles.

Sa voix était blanche. Elle portait plus que de l'étonnement, de la peur et du chagrin.

Je répétai :

– Qui est Alicia ?

Sa réponse éclata dans mon oreille.

– Qui t'a parlé d'elle ?

Un instant, je me sentis coupable d'avoir prononcé ce nom.

– J'ai trouvé une caisse au grenier avec ses robes.

– C'est impossible.

– Pourquoi ?

– Parce qu'il n'y a plus de robes d'Alicia.

Ses mots s'étranglèrent sur la fin, il venait d'admettre son existence. Il poursuivit :

– Alicia est morte il y a quarante-six ans.

Je ne comprenais rien.

– Qui était Alicia ?

À l'autre bout du fil, il y eut un craquement, comme si mon grand-père se déplaçait avec le combiné. J'entendis le bruit rauque de sa respiration.

– Alicia était la petite sœur de ta mère.

J'accusai le coup.

Je comprenais mieux pourquoi mon grand-père soupçonnait mon père de secrets, alors que ma grand-mère et lui nous avaient caché la mort de leur fille.

– Pourquoi personne ne nous a jamais parlé d'elle ?

– Il n'y avait plus rien à dire.

Je clignai des paupières avant de continuer.

– Le nom d'Alicia est écrit au fond de la caisse. Et elle contient la même robe dans plusieurs tailles. Qu'est-ce que ça signifie ?

Mon grand-père ne répondit pas tout de suite. J'insistai :

– J'ai besoin de savoir.

– Alors, écoute bien, Anna, car je ne répéterai pas deux fois ce que je vais te dire maintenant.

Il poussa un soupir et prit une longue inspiration, comme s'il se préparait à courir un cent mètres ou à plonger en apnée. Dans le passé, dans des souvenirs qu'il aurait préféré laisser dormir… Il poursuivit d'une voix voilée.

– Ta grand-mère et moi avions deux filles. Rose et Alicia. Ta mère avait cinq ans quand Alicia est née. Nous redoutions qu'elle soit jalouse. Au contraire, elle l'a tout de suite adoptée. Elle s'occupait de sa petite sœur comme une deuxième maman. Elle se levait la nuit en même temps que ta grand-mère pour la consoler quand elle pleurait. Elle ne supportait pas lorsqu'on la punissait et, souvent, on était obligés de les punir toutes les deux. À cette époque, on louait une maison en ville avec un jardin. Tout au bout, il y avait une petite mare. On n'aimait pas ça, c'était dangereux pour les filles. Un peu après la naissance d'Alicia, le propriétaire a accepté de poser une clôture autour. On a pu relâcher notre surveillance lorsque les filles jouaient dehors. On était soulagés. Alicia savait que la mare était dangereuse, que c'était un endroit interdit. Pourtant, un jour, elle a réussi à franchir la barrière. Lorsque ta grand-mère est arrivée, Alicia était couchée à plat ventre dans la mare et Rose essayait de la tirer jusqu'au bord, de la retourner pour qu'elle puisse respirer. Ta grand-mère est arrivée très vite, elle a sorti Alicia de l'eau et lui a prodigué les gestes de premiers secours. Alicia s'est remise à respirer après avoir craché beaucoup d'eau. On a appelé les secours et une ambulance est arrivée pour nous emmener à l'hôpital. Rose est restée chez une voisine. On pensait qu'Alicia avait miraculeusement échappé à la noyade. Quelques heures plus tard, elle est morte dans nos bras, ses poumons et ses bronches ne s'étaient pas remis de toute l'eau qu'ils avaient absorbée.

Il s'interrompit. La dernière phrase, il l'avait prononcée tout bas, comme s'il ne voulait pas l'entendre. Mes larmes mouillaient le combiné du téléphone. Quarante ans après, je pleurais la mort d'une petite fille que je n'avais pas connue. Chaque secret en annonçait un autre, les deuils et les disparitions s'emboîtaient, s'imbriquaient jusqu'à former un mur si compact qu'on ne voyait rien, juste de la douleur sans que l'on comprenne d'où elle venait.

– Ta grand-mère ne voulait pas quitter le corps de sa petite fille, elle refusait de le laisser au médecin. On a passé la nuit à l'hôpital. Quand on est rentrés le lendemain matin et qu'on a annoncé la nouvelle à Rose, elle n'y a d'abord pas cru. Lorsqu'elle a compris que sa sœur ne reviendrait pas, elle a mal réagi. Elle n'a plus été la même après l'accident. On aurait dû faire quelque chose.

Un silence suivit ses révélations.

– Pourquoi est-ce qu'il n'y a aucune trace d'Alicia chez vous ? Aucune photo ?

– Après la mort d'Alicia, on a progressivement évité de parler d'elle. C'était trop dur. On a enlevé les photos. On a essayé de remplir le vide avec autre chose. On a appris à vivre avec la douleur.

Sa voix avait changé, il ne dirait plus rien.

– Voilà, tu sais tout.

Il ne me laissa pas le temps de répondre. J'entendis le clic du combiné, c'était fini.

J'étais toujours debout près du téléphone. Dehors, les éclats de voix avaient cessé. Mes oreilles bourdonnèrent. Je m'accroupis près de l'étagère où étaient rangés les plats et les casseroles. Devant moi était posée une cloche à gâteau. Je me concentrai sur ce que je voyais pour ne pas tomber.

Je suis avec Paul, on se roule par terre et on se lance des coussins. Paul me chatouille, je crie. On saute sur le lit. La porte s'ouvre. Maman entre dans la chambre. Je sais qu'elle va encore se fâcher. Elle nous regarde en respirant bruyamment. On attend sans bouger. Elle s'avance vers moi, je protège mon visage. Elle me saisit par les bras, les serre et me secoue. Je n'entends pas ce qu'elle dit. Elle me gifle et me dit de me taire, qu'elle ne supporte pas les enfants qui pleurnichent. Elle me lâche et crie sur mon frère. Puis elle sort en claquant la porte. On reste silencieux un moment, avant de prendre chacun un livre pour nous occuper calmement, comme vient de nous le demander maman. Je ne veux pas que maman soit en colère. Plus tard, je descends près d'elle. Elle est assise dans la cuisine, je vois qu'elle a fait un gâteau, posé sur la table et couvert d'une cloche. Elle regarde devant elle sans rien faire, elle fronce les sourcils. Lorsqu'elle me voit, elle me sourit et s'avance vers moi pour me serrer dans ses bras. Elle me dit qu'elle m'aime, qu'elle n'est plus fâchée. Je suis triste et rassurée à la fois.

***

Ce soir-là, je concoctai un subtil mélange de médicaments et d'alcool : une pincée de Trazolan, un zeste de whisky, assaisonnés d'un peu d'Alprazolam. Pour dormir sans cauchemars, pour oublier la douleur, pour éviter les idées noires.

Je m'éveillai le lendemain sans aucun souvenir de la nuit et avec une migraine atroce.

Je n'avais pas trouvé le courage d'aller récupérer l'urne dans la chambre de mon père. Je savais qu'elle était là, présence diffuse derrière une porte fermée. Comme lorsqu'il s'enfermait pendant des jours dans son bureau pour terminer un gros projet.

Les caisses que j'avais descendues du grenier étaient posées en bas de l'escalier. J'essayai de ne pas penser à ma mère.

Je me douchai, priant pour que l'eau chaude chasse mon mal de tête.

Vers 11 h, on sonna à la porte. J'étais occupée à visionner le troisième épisode consécutif d'une série de science-fiction, avec pour objectif d'abrutir mon esprit jusqu'à ce que la journée s'achève. Contrariée, j'appuyai sur le bouton « Pause » de la télécommande avant d'aller ouvrir d'un pas pesant.

La femme qui apparut, les traits crispés, tenait dans ses bras un grand plat en verre recouvert de papier aluminium. C'était toujours comme ça dans les séries américaines, un être attentionné venait apporter un plat de lasagnes aux proches du défunt. En même temps, c'était son ticket d'entrée pour obtenir autre chose. Rien n'était gratuit.

Il s'agissait de Bénédicte, la femme de ménage de mon père. Je me souvins qu'après les funérailles, elle avait insisté pour que je passe la voir.

À une époque, Bénédicte s'occupait de nous en plus du ménage. Elle était arrivée quelques mois après la disparition, on l'invitait aux fêtes d'anniversaire.

Un faible sourire éclairait son visage aux yeux cernés et au teint pâle.

Je la fis entrer. Elle me suivit dans la cuisine, qui était devenue la pièce centrale de la maison depuis mon retour. Pourtant, je ne cuisinais pas, ce n'était pas mon truc. C'était celui de mon père.

Elle s'assit sur une des chaises de la petite table ronde. Elle connaissait les lieux par cœur. Je lui servis une tasse de café. On s'échangea les banalités d'usage, je lui dis que je comptais rester ici un petit temps. Elle me proposa de continuer à faire le ménage. Je répondis que je pouvais nettoyer moi-même.

En réalité, je détestais qu'on touche à mes affaires.

Je sentais qu'elle voulait me parler de quelque chose et qu'elle ne savait pas comment s'y prendre, qu'elle hésitait. J'aurais dû y penser plus tôt : après toutes ces années, elle avait dû entendre et voir des choses. Je l'interrogeai :

– Tu y crois, toi, au suicide ?

Elle leva les yeux vers moi, ils ne semblaient pas dire non, c'était plutôt un entre-deux qu'ils exprimaient.

– Tout est possible, avec Léo.

Mon père et ses mystères, la même rengaine.

Elle déposa son café, posa les mains sur la table et me regarda, comme si elle me jaugeait et qu'elle voulait vérifier que j'étais prête à l'entendre.

– Je suis venue te parler de ton père.

Je lui rendis son regard.

– Ça tombe bien. J'en ai assez des secrets.

Elle prit une profonde inspiration et continua, les yeux baissés sur la fumée qui s'échappait de sa tasse.

– Ton père pouvait être un homme charmant, attentionné. Il préparait toujours du café pour moi les jours où je venais nettoyer. Il prenait le temps de me demander des nouvelles de ma famille. Moi, j'en prenais de toi et ton frère. Il était fier de vous. Il regrettait de ne pas voir Paul plus souvent.

Elle s'interrompit pour boire une gorgée de café.

– Parfois, il se mettait en colère. Ses réactions étaient disproportionnées. Il lui arrivait de crier parce que j'avais oublié de prendre les poussières sur un meuble, ou parce que j'avais déplacé quelque chose sur son bureau. Je mettais ça sur le compte du deuil, de la disparition de ta mère qu'il n'arrivait pas à accepter. Un jour, il a dépassé les bornes. J'ai voulu lui donner ma démission.

Je l'écoutais sans l'interrompre et sans bouger.

– Cette fois-là, il m'avait demandé de nettoyer les vitres. D'habitude, il préparait l'escabeau. S'il oubliait, je lui demandais d'aller le chercher. Pour une fois, il n'était pas à la maison et l'escabeau n'était pas là. J'étais contrariée, car les vitres étaient sales. Je savais qu'il rangeait l'escabeau dans la remise, et je savais où il mettait la clé : dans un tiroir de son bureau. J'ai décidé d'aller le chercher moi-même. Il faisait sombre et, comme c'était la première fois que je mettais les pieds dans la remise, j'ai mis du temps à trouver l'interrupteur. Lorsque j'ai allumé, j'ai d'abord vu qu'il y avait du désordre partout. L'escabeau était au fond, contre le mur, à côté d'une rangée d'étagères. Je m'avançais pour le prendre, quand Léo a surgi dans mon dos sans crier gare. J'ai sursauté. Il était là, derrière moi, et il me regardait avec des yeux terribles. On aurait dit qu'il venait de surprendre un voleur. Je lui ai expliqué les raisons de ma présence. Je m'en voulais d'avoir pris la clé sans sa permission, mais il était furieux et je ne comprenais pas qu'il réagisse si brutalement. Je ne l'avais jamais vu comme ça. Il a saisi mon bras pour me faire sortir. Il serrait fort, ça me faisait mal. Je lui ai demandé de me lâcher. Il criait. Je ne me souviens plus exactement de ce qu'il m'a dit. Sauf que je n'avais pas le droit d'être là. Je suis entrée dans la maison pour récupérer mon sac et je suis partie en courant. J'en ai parlé à mon mari, j'étais bouleversée. Le lendemain, j'ai appelé ton père pour lui dire que je ne reviendrais plus. Il s'est excusé. Il semblait triste, fatigué. Il m'a suppliée d'oublier ce qui s'était passé la veille. Il m'a promis que ça ne se reproduirait pas. Je l'ai cru. Après vingt ans, je le connaissais suffisamment pour lui faire confiance. J'y suis retournée. Il était redevenu adorable. Jusqu'au jour où…

Elle s'arrêta, sa voix s'interrompit sur les mots qui allaient suivre. On les connaissait toutes les deux. Elle avait trouvé mon père mort. Fin de l'histoire. En tout cas en ce qui la concernait.

Je vis qu'elle pleurait sans bruit. Je ne lui posai pas de question. Au fond, je ne comprenais pas pourquoi elle avait voulu me dire tout ça. Maintenant, il était mort, il ne terroriserait plus personne.

ROSE

Le temps passa.

Rose n'avait rien gardé des kilos pris pendant ses grossesses. Elle portait même une taille en moins. Cela paraissait surtout sur son visage. Ses joues étaient creuses et ses yeux cernés. Elle évitait de croiser son reflet. Elle était épuisée. Les réveils réguliers d'Anna avaient contribué à dérégler son sommeil. Sa mâchoire commençait à lui faire mal, surtout du côté gauche. Sa nuque craquait et elle souffrait de migraines atroces. Parfois, la nuit, sa respiration se bloquait. Sa cage thoracique se durcissait comme un étau autour de son cœur et de ses poumons. Elle se sentait mourir, prête à rejoindre Alicia.

Elle avait peur de tout. Elle aurait voulu garder ses enfants près d'elle en permanence, comme des bijoux précieux qu'on laisse dans leur écrin pour ne pas les abîmer. Mais elle les aimait trop pour cela. Elle continua à sourire quand il le fallait. À faire semblant qu'elle allait bien. Léo voulait avoir une famille heureuse et parfaite.

Progressivement, elle devint irritable, elle se mit à crier sur les enfants. Après chaque crise, elle se mettait à pleurer.

Léo ne pouvait s'empêcher de lui adresser des reproches devant les enfants. Il lui disait que son comportement était inadmissible. Qu'il était patient, mais que sa patience avait des limites. Et qu'elle était en train de les franchir.

Tout lui échappait.

Pourtant, Rose les aimait tous les trois. Elle les aimait tant que cet amour la brisait. Tant qu'elle se haïssait.

Chapitre 5
Rouge

ANNA

Mon père avait fait construire la remise peu après la disparition de ma mère. Il s'agissait d'un abri de jardin amélioré, dans le sens où les dimensions se rapprochaient plus d'un garage que d'un cabanon. Elle était plantée juste à droite de la maison, derrière un grand arbre, face à la rue et tout au bout de l'impasse. C'était la dernière construction avant la forêt. Le toit en tôle était couvert de fientes d'oiseau et, à l'automne, mon père devait prendre l'échelle pour le dégager de toutes les branches, les feuilles mortes et autres rejets des arbres environnants.

Les murs en briques avaient été peints en blanc, de la même couleur que la façade de la maison. Tous les trois ans, lorsque le blanc devenait sale, mon père les repeignait. Il était arrivé à mon frère de l'aider. De la rue, on ne la remarquait pas tout de suite, elle était abritée par la verdure. Sauf en hiver, lorsque les branches étaient nues.

La porte était toujours fermée à clé. À l'intérieur, il n'y avait rien pour les enfants. C'est ce que nous disait mon père. C'était vrai. Rien ne méritait notre intérêt ou notre curiosité. Des outils, la tondeuse, une brouette, la grande échelle et le fameux escabeau, un râteau, un taille-haie, les meubles de jardin en automne et en hiver, des étagères avec de vieilles affaires, une bicyclette à réparer. Nos jouets et nos vélos étaient rangés dans le garage, auquel on accédait depuis la maison.

Mon frère et moi ne mettions pas les pieds dans la remise. Elle était là pour décorer, elle faisait partie du paysage. Mon père n'y restait pas, il y entrait quelques minutes, puis en sortait aussi vite. À vrai dire, je ne m'en étais jamais préoccupée.

J'en voulais à Bénédicte de ternir sa mémoire. Pas une fois il ne s'était mis en colère contre moi. Il s'était toujours montré patient, quoi que je fasse. Même quand j'oubliais une ligne de la liste de courses qu'il m'envoyait chercher, ou lorsque je rentrais plus tard que l'heure qu'il avait fixée.

Elle avait pourtant l'air bouleversée. Et elle n'avait aucune raison de mentir.

Je décidai d'aller y jeter un œil. Avant cela, il fallait que je mange un peu ; je réchauffai une portion de lasagnes au micro-ondes. Elle était délicieuse et je m'aperçus que je mourais de faim. Cela faisait quelques jours que mon estomac avait été sous-alimenté, trop de sucre, trop d'alcool, pas assez de fruits et légumes. J'avais paré au plus urgent en matière de nutrition.

Aucun tiroir du bureau ne contenait la clé. Mon père l'avait changée de place. Je fis le tour de toutes ses cachettes et je ne la trouvai ni dans le bureau, ni dans la cuisine, ni dans le buffet du salon, ni dans les tiroirs de la table basse, ni dans l'entrée, ni sur le porte-clés du garage. Je courus vérifier que la porte de la remise était bien fermée. Elle ne s'ouvrit pas malgré les coups que je donnai.

Il ne restait plus que sa chambre. Je n'avais aucune envie d'ouvrir cette porte. Je ne voulais pas me trouver nez à nez avec l'urne, avec son lit, avec ses vêtements, avec son odeur.

Mon mal de tête, qui avait disparu grâce aux médicaments que j'avais avalés en me levant, réapparut d'un coup. Je dus m'asseoir par terre, au pied de l'escalier.

J'ai cinq ans. Je le sais parce que, lorsqu'on me demande mon âge, maman répond toujours avant moi et dit : « Elle a cinq ans, elle s'appelle Anna », en me regardant tendrement et en laissant sa main derrière mon cou. J'aime bien, même si je préférerais répondre moi-même. C'est la nuit et je suis dans mon lit, cachée sous mon drap. Je ne dors pas encore. Il y a trop de bruit. Papa et maman crient. J'entends, mais je n'écoute pas, je ne veux pas et, de toute façon, je ne comprends rien. Je sors de ma chambre comme une petite souris et je me glisse dans celle de Paul. Il est assis sur son lit. Quand il me voit, il ouvre sa couverture pour me faire de la place. Je me couche tout au fond, contre le mur. Les cris sont devenus plus forts. Paul a les yeux grands ouverts. Je me redresse aussi et le regarde. J'ai peur. Maman dit qu'elle n'en peut plus et j'ai l'impression qu'elle pleure. Papa n'est pas très gentil, il ne la console pas, il se fâche, comme si elle avait fait une bêtise. Moi, quand je pleure, maman me console. Sauf, parfois, quand elle dit que je pleurniche, alors elle se met en colère. Elle déteste ça. Peut-être que maman pleurniche. C'est pour ça que papa est énervé. J'ai envie de descendre la voir, de lui dire d'arrêter, sinon papa va être encore plus fâché. Tout à coup, les bruits s'arrêtent. J'entends des pas qui montent l'escalier. Paul et moi, on se recouche vite, on ferme les yeux. La porte de la chambre de papa et maman s'ouvre et se ferme. C'est le silence. Tout bas, je demande à Paul si papa et maman vont divorcer. Il me regarde en fronçant les sourcils. Je lui dis que les parents de ma copine Juliette divorcent parce qu'ils se disputent tout le temps. Moi, ça ne me fait pas peur. Je préfère quand on est tout seuls avec maman. Il me dit d'arrêter de dire des bêtises et de dormir. Je m'endors doucement, avec le son de la télévision qui vient d'être allumée.

À présent, je me le rappelais ; il arrivait à mon père de se mettre en colère.

Un goût de sauce tomate et de viande hachée envahit le fond de ma gorge, je regrettai d'avoir tant mangé.

Il y a longtemps, Paul et moi étions frère et sœur. J'aurais donné n'importe quoi pour qu'il revienne. J'avais besoin de lui.

On était dimanche, il ne travaillait pas. Il connaissait peut-être d'autres cachettes de Léo. Ça me servirait d'excuse. Pourtant, je décidai d'attendre encore.

Je me relevai pour monter les marches, jusque devant la porte de la chambre de mon père. Je l'ouvris. Les cendres n'avaient pas bougé. Tout était pareil qu'il y a deux jours. Les murs blancs, sur lesquels contrastait une photo encadrée représentant une forêt vue du ciel. Du vert. La couleur préférée de mon père. J'évitai de m'asseoir sur le lit. J'ouvris le tiroir de la table de nuit, pas de clé, juste des lunettes de lecture et un paquet de mouchoirs. J'examinai la garde-robe, le tiroir à chaussettes servait souvent de cachette, dans les films. Je fouillai un peu. Ma main sentit un objet froid, métallique, je le saisis. C'était une petite clé.

Je m'assurai que tout était bien en ordre dans la chambre avant de refermer derrière moi, puis je filai au jardin. La clé entra dans la serrure sans forcer, un quart de tour vers la droite, la porte s'ouvrit.

ROSE

Les journées de Rose se déroulaient toutes de la même manière. Le matin, elle sortait faire les courses avec Anna. La fillette, avec ses cheveux blonds et son air de poupée, faisait sourire les passants.

C'était la même chose avec Alicia, Rose se souvint qu'à côté de sa sœur, elle disparaissait, personne ne la regardait. Ça ne la dérangeait pas, elle était heureuse quand Alicia l'était.

Pendant qu'Anna faisait la sieste, Rose s'assoupissait devant les programmes de l'après-midi destinés aux femmes comme elle, les « ménagères », celles qui passaient leur temps à la maison à nettoyer, lessiver, cuisiner, ranger, celles qui avaient mis leur propre vie à l'arrière-plan.

Elle s'appliquait ; tout était net, repassé, les armoires étaient remplies et les repas servis chauds et à l'heure. Il lui arrivait de penser à sa situation avec un ricanement cynique.

Pendant la journée, la seule chose qui lui faisait du bien, c'était la présence d'Anna, sa voix qui gazouillait ou la questionnait, ses baisers mouillés, ses petites mains qui entouraient son visage pour qu'elle se tourne vers elle.

Pourtant, lorsque la petite fille pleurait un peu plus fort, un peu plus longtemps, lorsqu'elle refusait de manger sa purée en la recrachant, lorsqu'elle s'entêtait à vouloir monter l'escalier alors qu'on le lui avait interdit, Rose perdait patience et criait. Elle hurlait des choses horribles, qu'elle regrettait presque instantanément.

Léo rentrait de plus en plus tôt du travail et passait du temps avec les enfants. Souvent, c'était lui qui leur donnait le bain pendant que Rose cuisinait.

Le week-end, Rose était fatiguée et les activités en famille proposées par Léo lui semblaient insurmontables. Elle faisait des efforts pour les accompagner, elle voulait faire plaisir aux enfants. Elle essayait de sourire. Léo lui reprocha son manque d'entrain, sa « tête d'enterrement ».

Progressivement, elle préféra se mettre à l'écart, hors d'atteinte. Chaque fois que Léo émettait une critique à son égard, c'était comme s'il la poussait des deux mains pour qu'elle s'enfonce un peu plus dans le sol. Elle se débattait, de toutes ses forces, mais celles-ci ne suffisaient pas, car elle était à bout.

Léo lui demanda de ne plus les accompagner, il lui dit qu'elle mettait une « mauvaise ambiance ». Rose resta à la maison. Elle s'asseyait dans le canapé et allumait le petit écran noir. Elle le regardait les yeux grands ouverts. Parfois, des larmes coulaient sur ses joues, qu'elle ne prenait pas la peine d'essuyer. Lorsque Léo rentrait avec les enfants et qu'ils envahissaient l'espace de leurs rires et leurs plaisanteries, Rose sentait au fond d'elle-même une boule de rage. Elle était malheureuse. Il lui était difficile d'assister au bonheur des autres, surtout de ceux qu'elle aimait. Elle refoulait son amertume ; il ne lui restait plus que du vide, un trou noir et béant que la tristesse se hâtait de remplir.

Léo voyait ses yeux rougis, ses lèvres crispées et, dans son regard, Rose pouvait lire non pas de la pitié, mais de l'agacement, non plus de l'amour, mais du dégoût.

Un jour, alors qu'elle s'apprêtait à sortir faire les courses, il la devança. Il voulait les faire à sa place. Il emmena les enfants, la laissant seule et déroutée.

Quelques heures plus tard, lorsqu'enfin Léo et les enfants reparurent chargés de sacs et des sourires jusqu'aux oreilles, Rose ne supporta plus d'être mise à l'écart, de se sentir abandonnée et inutile.

La seule réponse qu'elle trouva fut la colère. Elle ne put s'empêcher de les accabler de reproches, tous les trois. Un éclair de culpabilité passa dans le regard des enfants.

Ce soir-là, Léo lui dit que son comportement était inadmissible, qu'il allait devoir protéger ses enfants. Ses critiques se firent virulentes et, sous les coups (car ses paroles firent le même effet sur Rose qu'une volée de gifles), Rose baissa la tête et bloqua ses pensées. Elle n'était pas seulement une mauvaise mère, elle était la pire d'entre elles.

Anna eut trois ans et rejoignit Paul à l'école. Léo les conduisait tous les deux le matin et rentrait tôt l'après-midi après avoir été les chercher. La journée, il arrivait à Rose de se remettre au lit quelques heures après s'être acquittée de ses tâches.

Les moments que Rose passait avec ses enfants sans Léo devinrent rares. Il était là, dans son bureau, de temps en temps il en sortait et demandait à Anna et Paul s'ils avaient pris leur goûter, si leurs devoirs étaient faits, s'il n'était pas l'heure d'éteindre la télévision.

Elle eut l'impression d'être surveillée. Elle en parla à Léo, il lui répondit qu'elle était folle. Tout ce qu'il souhaitait, c'était qu'ils soient une famille heureuse.

ANNA

Le soleil était à son zénith et les insectes du sous-bois avoisinant tournaient autour de moi, cherchant à se poser sur mes bras nus pour se désaltérer de ma sueur. Je me tenais debout, hésitant entre l'ombre et la lumière. Le bout de mes pieds était posé sur le sol en béton, tandis que l'arrière de mes jambes cuisait presque sous la chaleur du début d'après-midi.

L'ombre ne me faisait pas peur. J'y vivais depuis trop longtemps pour la craindre. J'avais changé mon apparence pour l'apprivoiser. Elle était devenue une part de moi-même.

C'était le doute qui m'empêchait d'avancer. Je n'avais pas la moindre idée de ce que j'étais censée chercher, ni de ce que j'allais trouver.

Je pris une profonde inspiration et refermai la porte devant moi. Mes jambes tremblaient, il fallait que je respire deux fois plus fort pour que mon corps ait suffisamment d'oxygène. Je fis quelques pas vers la terrasse pour m'asseoir à l'ombre.

Hier, maman s'est beaucoup énervée et papa aussi. Maman est partie en claquant la porte, sans nous dire où elle allait. Elle est partie et je sentais la boule de ma gorge grossir, grossir, et mes yeux étaient mouillés. J'ai détesté ça ! Elle est revenue juste à temps pour nous mettre au lit. Je me suis dit que plus jamais je ne l'énerverais, que je serais toujours sage. Pour qu'elle ne parte plus. Et une petite Anna, au fond de moi, toute minuscule, a commencé à ne plus aimer papa.

Je m'agrippai à la table pour ne pas vaciller, me dirigeant à tâtons vers un des fauteuils de jardin. Je m'y laissai tomber. Observant les arbres danser au-dessus de ma tête, écoutant les bruits du jardin, les insectes et les oiseaux, les feuilles qui frémissaient, je laissai les derniers remparts se briser. La maison avait des choses à me dire, les souvenirs se réveillaient.

Maman me manque terriblement. Je suis triste et je ne parviens plus à sourire, j'ai l'impression que mon cœur est cassé en mille morceaux. Maintenant, je sais qu'il y a pire que la douleur du corps. J'ai mal, tout le temps. Je voudrais qu'elle revienne. Papa est très gentil avec nous. On peut manger des biscuits et des glaces toute la journée. Je m'en fiche. Ce n'est pas ça que je veux.

Ce matin, papa est sorti de la cuisine pendant que je prenais mon petit-déjeuner. Il a dit qu'il n'en avait pas pour longtemps. J'ai terminé ma tartine en l'attendant mais il n'est pas revenu. J'ai crié. J'ai couru dans toutes les pièces. Je l'ai trouvé dans son nouvel atelier, à côté de la maison.

Il était occupé à ranger une boîte tout en haut d'une étagère. Quand il s'est retourné et qu'il m'a vue, ses yeux avaient l'air fâchés. Je lui ai demandé pardon et il m'a demandé pourquoi. Je n'ai pas su lui répondre parce que je pleurais trop fort. Il m'a serrée dans ses bras et il m'a dit : « C'est moi qui te demande pardon. » Je n'ai pas compris. Ce n'est pas grave. Il a promis qu'il ne me laisserait plus seule.

Je me levai en titubant, secouant la tête pour chasser les pensées parasites, la clé de la remise était plantée dans la paume de ma main fermée.

ROSE

Rose aurait pu baisser les bras, elle aurait pu s'effacer. Elle décida de se battre.

Lorsque Paul et Anna rentraient de l'école, la maison sentait le gâteau tout juste sorti du four, l'odeur des crêpes qu'on vient de cuire ou un parfum de crème au chocolat. Après le goûter, Rose jouait avec Anna et aidait Paul à faire ses devoirs.

Un dimanche matin, elle voulut accompagner Léo et les enfants à la piscine. Elle se sentait prête. Cela faisait longtemps qu'elle n'avait plus participé à leurs sorties. Elle avait envie de voir les progrès d'Anna et de regarder Paul nager.

Léo refusa sa présence. Il lui dit qu'ils n'avaient pas besoin de quelqu'un qui sourit faussement, soupire et donne l'impression que chaque instant est un énorme effort.

Elle eut le souffle coupé, mais elle sourit et acquiesça. Ses poings étaient serrés, mais son visage était celui que Léo attendait.

Anna faisait régulièrement des cauchemars. Elle se réveillait en appelant sa mère. Rose enveloppait sa fille dans ses bras en murmurant des mots doux, elle aimait la douceur et l'étroitesse de ces moments, même s'ils la maintenaient éveillée pour le reste de la nuit.

Le soir, quand les enfants étaient endormis, Rose n'avait plus de force, elle s'asseyait au bout du canapé et fermait les yeux. Léo exigeait qu'ils discutent, qu'ils passent du temps ensemble, il lui reprochait son manque de dynamisme. Parfois, il la bousculait un peu.

Lorsque Léo regardait Rose, une rage muette grandissait dans son ventre. Elle n'était pas à la hauteur. Elle gâchait tout ce pour quoi il s'était battu. Il s'était pourtant montré patient. Elle lui avait demandé une seconde chance, elle lui avait promis qu'elle allait changer.

Lorsqu'il allait au parc avec les enfants, Léo observait les autres mères. Elles étaient douces, souriantes, aimantes. Les pères, bien souvent, n'étaient pas là. Lui, il devait endosser tous les rôles. La situation commençait à le lasser.

Il ne supportait plus de regarder Rose. Sa posture, son comportement lui rappelaient ceux de sa mère au même âge, lorsque lui-même se trouvait à la place de Paul. Absente. Défaillante. Il savait comment ces histoires-là se terminent, la façon dont sa mère avait appelé la fin.

Il tenta de discuter avec elle. Elle ne l'écoutait pas, ne l'entendait pas. Tout ce qu'elle répétait, c'était qu'elle était fatiguée. Il aurait voulu comprendre ce qui n'allait pas chez elle.

Un soir, il l'interrogea. Rose était assise comme à son habitude sur le canapé du salon. Paul et Anna dormaient chacun dans leur chambre. La cuisine était rangée, la vaisselle était faite. On n'entendait plus que les sons de la télévision allumée en sourdine. Les rideaux étaient tirés partout dans la maison. Dehors, le soleil était bas, presque couché. On était aux prémices du printemps, il faisait encore frais.

Léo s'agenouilla devant Rose. Il prit dans ses mains celles de sa femme. À ce contact, il se souvint de son amour pour elle et de leur première rencontre.

Rose leva les yeux vers lui, elle voulut retirer ses mains, il les retint. Un éclair de panique passa dans son regard, puis elle se calma et attendit la suite, résignée.

Léo prit une profonde inspiration avant de parler. Il ne voulait pas la brusquer, mais il avait peur de perdre patience.

– J'aimerais que tu te resaisisses.

Rose ne répondit pas. Elle baissa la tête. Léo serra ses mains un peu plus fort pour l'inciter à parler.

Elle se mit à trembler. Elle clignait des yeux pour retenir ses larmes, elle savait que Léo ne le supporterait pas. Il y avait quelque chose qu'elle ne lui disait pas, quelque chose de dur et tranchant tout au fond d'elle et qui continuait à la blesser. Elle ne lui en avait jamais parlé. Ce qui reste caché nous fait moins mal, c'est ce qu'elle pensait. C'était un prénom en six lettres, c'était un visage de poupée, c'étaient des papillons bleus qui s'envolaient vers le ciel.

Léo continuait à la regarder. Il semblait fragile, sa colère avait disparu. Sans réfléchir, Rose laissa échapper le début de ses aveux en un murmure :

– Alicia.

Léo crut avoir mal entendu.

– Qu'est-ce que tu as dit ?

Rose répéta plus distinctement, ça lui faisait du bien.

– Alicia.

– Qui est Alicia ? Je ne comprends rien.

Il était trop tard pour faire marche arrière. Rose détacha ses mains de celles de Léo et recula légèrement sur son siège.

– Alicia était ma petite sœur. Elle est morte à l'âge de quatre ans. À cause de moi.

Léo attendait la suite, les yeux fixés sur elle, il ne bougeait plus.

Rose comprit qu'elle allait devoir tout lui dire. Ce qui s'était passé ce jour-là, ce qui s'était passé ensuite, rien ne devait plus être occulté. Il était temps qu'elle raconte son histoire. Elle prit la télécommande pour éteindre la télévision. Seule la lampe du salon était allumée, les enveloppant dans une bulle de lumière. Rose rassembla ses souvenirs, elle ferma les yeux pour se plonger dans l'été de ses neuf ans, le jour où sa vie avait pris un autre chemin.

***

« Je me rappelle nettement ce jour, celui où Alicia est morte. Je me souviens de tout, alors que j'aimerais tant l'oublier. Les sensations, ce que j'ai vu, ce que j'ai fait, tout me revient, car le moindre détail est gravé dans ma mémoire.

Il faisait chaud, les grandes vacances avaient débuté depuis quelques semaines et le temps s'étirait à l'infini devant nous. Cet été-là, un anticyclone semblait s'être emparé du ciel pour toujours et Alicia et moi passions nos journées au jardin. Notre imagination était sans limites et, chaque jour, nous inventions de nouveaux jeux, de nouveaux rôles, de nouvelles cachettes, de nouvelles vies imaginaires. Nous baignions dans la douce irréalité de l'enfance, sans nous soucier de rien. Il n'y avait qu'un seul lieu qui nous était défendu : la mare au fond du jardin, entourée d'une clôture que nous ne pouvions pas franchir. C'était la zone interdite, là où les monstres étaient tapis, prêts à s'emparer de nous si par malheur nous traversions la frontière.

J'étais l'aînée et je savais que le danger était réel, mais nous nous amusions tellement que je me plaisais à fabuler avec Alicia, pour Alicia, au sujet de cette mare.

Ce jour-là, nous avions sorti une petite table et deux chaises et nous avions préparé un goûter somptueux dans notre dînette : des infusions d'herbes et de feuilles du jardin baignaient dans les tasses et les assiettes étaient garnies de vrais gâteaux que nous avions subtilisés dans le placard de la cuisine. Nous avions passé une partie de l'après-midi à tout organiser et nous trépignions d'impatience que notre mère vienne prendre le thé à notre table. Elle était dressée au fond du jardin, à l'ombre du peuplier, pas très loin de la mare interdite. Le danger était proche, mais nous n'avions pas peur. Nous étions deux valeureuses princesses. Et, du moins je le croyais, nous savions qu'il y avait des limites à ne pas dépasser. D'ailleurs, jamais Alicia ne s'en était approchée à plus de deux mètres sans moi. Elle semblait craindre cet endroit comme si de vrais monstres l'y attendaient.

Il était l'heure de passer à table, en tout cas l'heure indiquée par nos estomacs. Je décidai d'aller chercher notre mère à l'intérieur. Alicia insista pour m'accompagner, mais je voulais y aller seule, pour pouvoir courir jusque-là sans devoir l'attendre. Elle voulut me suivre et, pour être tranquille, je lui donnai une mission à accomplir en mon absence : surveiller notre goûter, car les innombrables bêtes du jardin le convoitaient et risquaient de s'en repaître si nous nous absentions toutes les deux. À contrecœur, elle accepta. Lorsque j'entrai dans la maison, j'appelai notre mère, personne ne répondit. Je parcourus toutes les pièces du rez-de-chaussée, elle n'était pas là. Je montai à l'étage, il n'y avait personne. Je criai. Seul le silence me répondit, je sortis.

Alicia n'était pas assise près de la dînette. Je la cherchai du regard et un détail me perturba : il n'y avait plus qu'une seule chaise autour de la table. Je courus vers le fond du jardin et aperçus la deuxième. Juste à côté de la mare, touchant la clôture. Comme si on s'en était servi pour passer par-dessus.

À cet instant, mon cœur s'est arrêté de battre pendant quelques secondes, je me suis mise à crier après notre mère. Alicia était là, couchée à plat ventre dans la mare. Le visage enfoncé dans l'eau.

Je sautai au-dessus de la clôture pour la rejoindre. Ses vêtements et ses cheveux formaient une auréole autour d'elle, elle ne bougeait plus. Mes pieds étaient enfoncés dans la vase, je ne savais pas par où la prendre, comment éviter de lui faire mal. Je mis mes bras autour de sa taille pour la tirer vers moi. Elle était trop lourde. Ma mère arriva presque aussitôt. Puis, tout alla très vite.

Mes souvenirs de ces instants sont comme un tourbillon de flashs, d'images qui se bousculent. Ma mère qui sort Alicia de l'eau, ma mère qui hurle sur moi avec ses yeux rouges, noirs, qui m'accusent, puis qui me demande d'aller chercher mon père. Alicia qui semble morte, qui ne réagit pas. Ma mère qui l'allonge sur le dos et qui se penche vers elle, les mains sur sa petite poitrine. Je suis paralysée, comme si, en moi, tout s'était arrêté.

"Va chercher ton père, dépêche-toi, il faut appeler une ambulance !"

Je me rappelle l'ambulance, j'entends encore son hurlement. À ce moment, je n'existais plus, seule comptait Alicia. Une unique pensée me rassurait : elle n'était pas morte. Ma mère avait réussi à la réanimer, ses poumons avaient éjecté toute l'eau qui s'y était infiltrée, et elle avait recommencé à respirer. Mais elle paraissait si petite, si fragile sur ce brancard… abandonnée, flottant dans sa robe blanche ornée de papillons bleus, ses longs cheveux blonds répandus autour de son visage pâle.

Je regardai partir l'ambulance. Près de moi, madame Moulin, la voisine à qui mes parents m'avaient confiée, avait passé un bras autour de mes épaules. J'aurais voulu me dégager, mais je n'en avais pas le courage.

Je me souviens de la maison de madame Moulin comme d'un mauvais rêve. Certaines nuits, il m'arrive encore de m'y perdre.

Chez elle, il n'y avait plus de place nulle part. Tout était rempli : les buffets, les commodes, les vitrines, sur chaque coin de table ou bout de canapé était posé quelque chose. Un bibelot, un cadre, le plus souvent c'était un chat. En porcelaine, en céramique, en bois, en peluche, il y en avait partout.

Même sur le dossier du fauteuil où je m'étais assise. Je crus qu'il s'agissait d'un animal en peluche, plus vrai que nature. J'hésitais à tendre le bras pour le caresser, mais il se mit en mouvement et, d'un balancement de sa longue queue, sauta prestement sur le sol, s'éloignant de moi en remuant dédaigneusement l'arrière-train.

J'attendais. La grande aiguille était presque sur le sept. Cette maison me faisait un peu peur, mais la voisine était gentille. Elle m'avait servi une limonade. Le verre était vide, posé au milieu des figurines de chats sur la table basse. Je l'entendais qui s'affairait dans la cuisine, elle vint me demander si j'avais faim. Mon estomac était vide, les biscuits de notre goûter étaient restés abandonnés sur la petite table qu'Alicia et moi avions dressée. Ils étaient juste là, de l'autre côté de la clôture. Pourtant, il me semblait que c'était un autre monde, dans une autre vie. Il me semblait que j'attendais depuis si longtemps que le temps s'était arrêté. Seules l'horloge et ses aiguilles en forme de queue de chat venaient contredire mon impression.

Madame Moulin avait prévu des tartines. La table était couverte de garnitures. Du fromage, des charcuteries, de la salade et des concombres. Leur vue me fit plisser les yeux. Alicia se trompait toujours, elle disait "concomvre" au lieu de "concombre". Ça nous faisait sourire chaque fois, si bien que nous ne la corrigions pas. Je ne mangeai pas grand-chose. J'attendais.

Lorsqu'il commença à faire si sombre qu'il fallut allumer les lampes, madame Moulin prit la décision de préparer un lit à mon intention, dans la chambre de son fils. C'était une pièce inoccupée depuis plus de dix ans, mais tout était propre, à sa place, comme si l'adolescent qui y vivait n'était parti que pour quelques jours et que sa mère en avait profité pour faire le ménage. Je me couchai dans le lit froid, sous les draps bleus et rouges représentant les étoiles du drapeau américain. Madame Moulin m'avait bordée si serré que je ne parvenais pas à bouger les bras. J'eus du mal à trouver le sommeil. L'idée de ma culpabilité s'insinuait en moi, comme un serpent qui aurait pris possession de chaque partie de mon être et qui m'empêcherait de me mouvoir, de réfléchir : mes parents étaient dans une telle colère qu'ils ne reviendraient pas me chercher. J'allais devoir grandir ici, au milieu des chats. Ils refusaient que je m'approche d'Alicia, ils ne voulaient plus de moi dans leur vie. Les larmes, que j'avais pris soin de contenir jusque-là, se mirent à couler le long de mes joues, mouillant les draps. Je finis par m'endormir, et ma nuit fut peuplée de cauchemars dans lesquels je me changeais en chat en peluche, terminant ma vie sur la table basse de madame Moulin. De loin, par la fenêtre, j'apercevais Alicia et mes parents dans leur jardin, heureux, sans moi.

La nuit passa et le soleil d'été vint projeter ses rayons dans la chambre. Je me levai et m'habillai, prête à partir. Lorsque je m'aventurai au rez-de-chaussée, madame Moulin avait préparé le petit-déjeuner. Ma gorge était trop serrée pour avaler quoi que ce soit. Je repris mon poste, sur le divan près de la fenêtre qui donnait vers la rue.

La grande aiguille était presque sur le huit lorsque la voiture de mes parents se gara devant notre maison. Je sautai d'un bond et courus vers la porte d'entrée. Je m'apprêtai à ouvrir la porte, lorsque madame Moulin me cria de l'attendre. Mais ma main était sur la poignée et je ne pus m'empêcher d'ouvrir.

Je vis ma mère descendre de la voiture. Son visage avait changé. Ses yeux étaient gonflés et sa bouche tremblait. Ses épaules étaient voûtées. Je l'appelai. Elle me jeta à peine un regard, comme si lever les yeux vers moi était trop difficile. Mon père sortit à son tour. Il m'aperçut, j'attendais sagement sur le pas de la porte qu'on vienne me chercher. Il s'approcha de moi à grands pas, pressé. Il me serra dans ses bras. J'eus l'impression d'être écrasée. J'étais heureuse de revoir mon père, soulagée qu'il ne m'en veuille pas, mais je fis de petits mouvements pour qu'il desserre son étreinte. Il me prit par les épaules et planta ses yeux dans les miens. Il voulait me dire quelque chose et les mots étaient bloqués.

Je me dégageai et courus jusqu'à la voiture. Je voulais voir Alicia. Peut-être s'était-elle endormie dans son siège ? Je regardai par la fenêtre de la banquette arrière. Il n'y avait personne. La voiture était vide. J'examinai tour à tour mon père et ma mère. Où est Alicia ? Ma mère se mit à pleurer, mon père me prit à nouveau dans ses bras, très fort. Je ne comprenais pas. Où est Alicia ? Je lui demandai si je pouvais lui rendre visite à l'hôpital. Mon père me répondit. "Ma chérie, c'est impossible. Alicia n'est plus là. Elle est partie."

Où est-elle ? Pourquoi est-elle partie ? Quand reviendra-t-elle ? Les yeux de mon père étaient troubles et sa voix tremblait. "Elle est partie pour toujours. Elle est au ciel. Elle est heureuse, là-bas. Ne t'inquiète pas."

Ce jour-là, je continuai à attendre. Alicia reviendrait peut-être, au moins pour me dire au revoir et, surtout, pour que je puisse lui demander pardon. Elle n'avait pas emporté son doudou, ni sa poupée préférée. Lorsque je vis le petit cercueil dans l'église, lorsque j'entendis les sanglots de ma mère, et ceux d'autres personnes que je ne connaissais pas, je compris. Alicia était près de Jésus.

Il ne me restait plus qu'à attendre qu'elle ressuscite.

Les premiers jours sans elle passèrent, noirs de douleur, puis les premières semaines, rouges de colère, et les premiers mois, blancs comme l'immense vide qu'elle avait laissé en nous, dans notre chair ouverte et à vif, dans notre famille qui se délitait, et dans notre maison qui n'était plus qu'un toit, une juxtaposition de pièces laissées à l'abandon.

Les nuits se firent plus longues que les jours, elles devinrent le moment où nous laissâmes libre cours à notre chagrin, chacun à notre manière.

Ma mère, au début, pleura beaucoup. Je l'entendais depuis mon lit, elle sanglotait sans pouvoir s'arrêter en contemplant des photos d'Alicia.

Mon père se mit à boire, l'alcool évacuait son chagrin. Le matin, quand je me levais pour aller à l'école, la table du petit-déjeuner était couverte de bouteilles vides, de plus en plus nombreuses. Bientôt, mon père n'attendit plus le soir pour commencer à les vider.

La nuit, j'entendais les voix de mes parents qui s'entremêlaient, qui montaient et qui descendaient, agressives ou plaintives, qui se brisaient l'une contre l'autre.

Moi, je n'étais plus qu'une présence, une bouche à nourrir, l'enfant qui restait et qui encombrait. Leur souffrance avait pris toute la place.

Ma douleur, personne n'en parlait. Je compris qu'il fallait qu'elle reste invisible.

Il fallait que je me taise, que je m'efface, que je sois la plus légère possible. Tout était déjà si lourd que l'édifice de notre famille était prêt à s'écrouler. Une pierre de plus, un caillou, et il n'y aurait plus rien.

Mon père reprit le travail. Ma mère errait dans la maison sans but. Les bouteilles et les plaquettes de médicament s'amoncelaient.

La rentrée scolaire me happa dans un rythme qui me permit de m'échapper, d'oublier quelques heures ma culpabilité. Je pris l'habitude de me débrouiller, de préparer mon petit-déjeuner et mon déjeuner moi-même. Un accord tacite s'établit entre ma mère et moi. Lorsqu'il manquait quelque chose, je l'inscrivais au tableau de la cuisine, et elle s'occupait de faire les courses. Mes devoirs, je les faisais seule, tout ce que je pouvais, je l'accomplissais sans demander l'aide de personne.

Je n'avais pas su protéger Alicia. Il était trop tard pour les excuses, trop tard pour échanger nos places, trop tard pour le pardon. Je mis tout en œuvre pour protéger mes parents, pour leur enlever un peu du poids de leur chagrin.

Alicia ne grandirait plus, elle aurait toujours quatre ans. J'aurais voulu être comme elle et garder mes neuf ans éternellement, retenir mon enfance, retenir nos jeux et notre insouciance. J'aurais voulu qu'il y ait toujours entre nous la même distance. Mais l'écart se mit à croître, lentement, insidieusement. Je grandissais et, en même temps, je m'éloignais.

Mes vêtements devinrent trop petits et je fus obligée de demander à ma mère de m'accompagner pour en acheter de nouveaux.

Alors que, jusque-là, je cherchais son contact, scrutant son visage dans l'espoir d'y croiser son regard, pour la première fois, je ne supportai plus de marcher à côté de cette femme mal habillée, grise, qui traînait les pieds et qui parlait peu.

Je me mis à fréquenter davantage mes amies que ma famille. Ma présence ou mon absence importait peu à mes parents. À dix ans, je pris de nouvelles habitudes. J'aimais rester ailleurs, partager le repas avec d'autres familles, rire, jouer, m'amuser. Et dormir dans d'autres chambres que la mienne, dans des maisons où personne ne pleurait la nuit.

Souvent, je rêvais d'Alicia. Elle me parlait, me demandait des nouvelles de nos parents. Je lui mentais pour ne pas l'inquiéter, pour qu'elle garde son sourire et ses yeux insouciants de petite fille joyeuse.

Lorsque j'eus onze ans, mon père arrêta de boire. Je n'entendis plus ses pas pendant que je tentais de trouver le sommeil. Puis, un jour, je rentrai de l'école et trouvai un sourire sur le visage de ma mère. Le temps avait fait son œuvre. La douleur s'était atténuée.

Mes parents crurent que nous pourrions redevenir une famille, que tout redeviendrait comme avant, même sans Alicia. Ils crurent qu'ils pourraient à nouveau avoir une place importante dans ma vie, s'occuper de moi, de ce que je faisais, de qui je voyais, de mes résultats scolaires. Ils se trompaient. Rien ne serait plus comme avant.

Je refusai de répondre à leurs questions, de me soumettre à leurs règles. Après l'école, je montais dans ma chambre et y restais le plus longtemps possible. Je ne voyais plus mes amies. La plupart du temps, j'étais seule et silencieuse.

Je ne voulais pas grandir. Le temps m'éloignait d'Alicia.

Elle me manquait. Dans mes rêves, elle était toujours une adorable fillette blonde, habillée de la même robe qu'autrefois. Celle dans laquelle je l'avais vue pour la dernière fois, la blanche aux papillons bleus.

Je dessinais des papillons dans les marges de mes cahiers. On me surnomma "Papillon", puis, lorsque l'anglais fit partie du programme, "Butterfly", ce qui me plaisait davantage. J'aurais aimé pouvoir voler. Si je parvenais à m'élever suffisamment haut, peut-être verrais-je Alicia ailleurs que dans mes rêves. »

Un long silence suivit le récit de Rose. Léo était assis à ses pieds et fixait les dessins du tapis. Rose attendait qu'il réagisse, tordant ses mains l'une contre l'autre, la bouche sèche et le souffle court d'avoir tant parlé.

Léo leva enfin les yeux vers elle. Son regard bleu qui l'avait conquise il y a longtemps, dans une autre vie. Son regard bleu et froid qui à présent la glaçait.

– Si tu m'aimais assez, tu m'aurais parlé de ça plus tôt. J'aurais compris. On aurait pu…

Il s'interrompit et inspira bruyamment, l'air égaré et les paupières serrées.

– Ta sœur est morte il y a plus de vingt ans ! Il faut que tu arrêtes de vivre dans le passé. C'est nous qui avons besoin de toi !

Il se mit debout, rempli d'une colère qu'il peinait à contenir. Son poing se leva, comme s'il voulait frapper quelque chose ; ce qu'il fit, un grand coup dans les coussins du canapé, juste à droite de Rose. Puis il s'éloigna et sortit de la pièce. La porte d'entrée s'ouvrit et se ferma avec fracas.

Rose ne bougeait plus. Elle resta immobile pendant de longues minutes, alors que, dans sa tête, les pensées se bousculaient à une vitesse folle.

ANNA

Il faisait sombre. Pendant les deux premières minutes, je ne vis que du noir. Progressivement, des formes apparurent.

Bénédicte n'avait pas menti. L'intérieur était un amas de vieilleries et d'outils mal rangés.

J'avançai ma main vers l'interrupteur et l'actionnai, l'ampoule qui descendait du plafond s'alluma en clignotant. Je fis quelques pas vers le fond en examinant les objets qui m'entouraient. La tondeuse, le taille-haie, les meubles de jardin. Tout était couvert de poussière.

Je me dirigeai vers les étagères du fond. Je savais où chercher.

La lumière de la lampe se stabilisa et je pus examiner le contenu des rayons sans plisser les yeux. Il y avait de vieilles chaussures, des outils, des pots de peinture entamés. Trois boîtes en plastique blanc étaient posées tout en haut, hors d'atteinte. Je jetai un rapide coup d'œil autour de moi sans trouver l'escabeau. Je pris une des vieilles chaises et je montai dessus.

Ma main déplaça une des boîtes pour l'ouvrir, une araignée noire se mit à courir tout près en me frôlant et je ne pus m'empêcher de crier. Je n'avais jamais eu peur de ces bestioles, sauf quand elles étaient grosses et velues et qu'elles jouaient sur l'effet de surprise. Je faillis tomber, me rattrapant de justesse au coin de l'étagère. Mon bras heurta le montant métallique, je sentis à peine la douleur.

La première boîte contenait des pinceaux usagés, la deuxième une collection de bocaux vides. Je soulevai le couvercle de la troisième, elle était remplie de vieux papiers. Je descendis de la chaise en empoignant la caisse pour l'emporter. Elle était lourde. Les muscles de mes bras tendus, je marchai à grandes enjambées vers la maison, entrai dans la cuisine et lâchai mon chargement sur la table.

À deux mains, je sortis le tas de feuilles de la boîte. Je le fis basculer et les versos laissèrent place aux rectos. Le souffle coupé, je me laissai tomber sur un siège.

Il s'agissait de dessins d'enfants. Ceux de mon frère et les miens. Ils portaient tous une date et un nom en bas de page, ajoutés par mon père. À y regarder de plus près, je m'aperçus que ces dessins avaient été réalisés après le départ de notre mère. Je les passais en revue. Le plus souvent, les miens représentaient une mère, un père et deux enfants. Sur certains, j'avais placé le personnage de la mère dans le ciel, près des nuages blancs en forme de mouton.

Je m'attardai sur l'un d'eux qui semblait plus ancien, protégé par une pochette plastique. Contrairement aux autres, il ne portait ni date ni nom. Y figurait une famille de quatre personnes, dont les visages avaient été découpés dans des magazines, debout devant une magnifique maison entourée de verdure. Sous chaque personnage était écrit un prénom. Notre famille. C'était Paul, certainement, qui l'avait réalisé.

Le soleil venait d'entamer sa descente et il faisait encore chaud. Pourtant, je m'aperçus que je frissonnais. Mon enfance me revenait à la figure avec violence. Je n'avais pas envie de voir tout ça. Ma mère me manquait, une voix de petite fille au fond de moi la convoquait en sanglotant. Je ne voulais pas l'entendre. D'un geste, j'essuyai les larmes qui coulaient sur mon visage pour éviter qu'elles tombent sur les dessins.

Je les faisais passer chacun machinalement devant mes yeux, lorsqu'une enveloppe tomba. Elle devait avoir été glissée entre deux feuilles de papier. Sur l'enveloppe était écrit, à l'encre mauve, un prénom court et familier : Léo. Le rabat avait été déchiré puis collé avec du papier adhésif.

Mes mains tremblaient et j'eus du mal à l'ouvrir. Elle contenait une lettre, dont je reconnus immédiatement l'écriture : c'était la même que sur les caisses du grenier.

Chapitre 6
Blanc

ROSE

Après cela, rien ne fut plus pareil entre Rose et Léo.

Les fantômes étaient sortis de leur cachette. Leur présence s'étendait entre eux comme un voile. Ils ne se voyaient plus, ne se parlaient plus, ne se comprenaient plus. Les blessures mal cicatrisées étaient rouvertes.

Léo prit l'habitude de surveiller Rose de loin. Il se méfiait de ses faiblesses.

Rose commença à s'éteindre doucement. Ses forces s'étaient épuisées, elle était vide. Le peu qui lui restait, elle le donnait à ses enfants. Elle ne criait plus, ne se fâchait plus, c'était trop difficile.

Anna et Paul jouaient ensemble, à l'écart des adultes. Paul l'aidait à la cuisine, Anna obéissait sans contester. Ils ne souriaient plus, levant la tête au moindre bruit, comme s'ils avaient peur d'une chose dont ils ignoraient le nom.

Rose savait qu'elle ne pouvait pas continuer de cette façon, qu'un changement était nécessaire à leur famille. Elle refusait de voir ses enfants malheureux.

Un matin de mai, quelques semaines après ses confessions au sujet d'Alicia, elle comprit ce qu'elle devait faire. La maison était déserte. Elle était assise dans son ancien bureau, sur la chaise de Léo, et elle réfléchissait. Les rayons du soleil entraient à flots par la porte-fenêtre, juste quelques minutes avant midi, tout était d'un calme absolu.

Elle n'était pas une bonne mère. Cette petite phrase, elle la faisait défiler en boucle dans sa tête, comme un mantra. Elle n'y arrivait pas. C'était une erreur, elle le savait. Mais Léo n'avait pas voulu l'entendre. Maintenant, il était trop tard. Il ne restait plus qu'une seule chose à faire.

Lorsque Léo rentra du travail avec les enfants, elle le prit à part dans leur chambre et lui exposa sa décision. Léo s'y opposa fermement. C'était absurde et inconcevable.

Rose insista, elle ne voyait pas d'autre issue. Léo la prit par les épaules et la secoua, il la traita d'égoïste, de lâche. Rose ne réagit pas, elle se tut et attendit qu'il se calme. Léo sortit de la pièce. Pour lui, la discussion était close.

Le lendemain, lorsqu'il quitta la maison pour conduire les enfants à l'école, il ferma toutes les portes à clé, laissant Rose seule à l'intérieur.

Pour Rose, cela ne changeait rien. Elle avait décidé de ne pas écouter Léo. Tout ce qu'elle voulait, c'était le bonheur de ses enfants. Il n'y avait plus d'alternative. Même si tout son corps lui faisait mal, même si son cœur était brisé et que la douleur était au-delà du supportable.

ANNA

La lettre était posée sur la table de la cuisine, à côté de la pile de dessins. Un papillon était entré par la porte ouverte, il volait, attiré par les couleurs posées sur le papier. Mes yeux le suivaient dans son parcours erratique. Où allait-il ? Que cherchait-il ? Il semblait ne pas avoir de but. Mon regard s'accrochait à lui pour m'éviter de sombrer. Jusqu'à ce qu'il se pose sur la lettre.

Deux minces feuillets que j'avais lus deux fois. Les larmes avaient séché sur mes joues. Je me levai pour attraper le téléphone près du grille-pain.

Dimanche après-midi ou dimanche soir, j'avais perdu la notion du temps, mon frère devait être chez lui avec sa femme et sa fille. Il allait être incommodé par mon coup de fil, mais ça n'avait pas d'importance. Il fallait qu'il vienne ici.

Les sonneries s'égrenèrent un nombre incalculable de fois, son « Allo » intervint juste à temps pour m'empêcher de raccrocher. Dès le premier mot, je perçus son agacement.

– Qu'est-ce que tu veux ?

– J'ai trouvé une lettre de maman.

Le silence au bout du fil fut si long que je commençais à craindre que la communication ait été coupée.

– Une lettre de maman ?

La voix de Paul avait changé de couleur.

– Je crois qu'il vaut mieux que tu viennes et que tu la lises.

– Tu l'as trouvée où ?

– Dans la remise, dans une boîte en plastique avec nos dessins d'enfant.

À nouveau, un blanc. Je levai les yeux et me demandai si l'horloge n'était pas détraquée. 14 h 44. Seules quarante minutes étaient passées depuis que j'avais trouvé la lettre, alors que toute ma vie venait d'être réécrite à l'encre mauve.

Paul répondit avec sa voix habituelle, en équilibre entre irritation et lassitude.

– Tu peux me la lire au téléphone.

Il se trompait, ce n'étaient pas des mots qu'on pouvait lire à voix haute, ce n'étaient pas des phrases qui pouvaient être entendues dans un combiné de téléphone.

– Je ne peux pas, je suis désolée. Il faut que tu viennes.

Je l'entendis soupirer.

– J'arrive. Je serai là dans une heure.

Il raccrocha.

Je rangeai la lettre dans l'enveloppe. Je replaçai les dessins dans la boîte. Puis j'attendis. J'allumai la télé et, après avoir fait défiler toutes les chaînes de 1 à 100, je l'éteignis. Je marchai en rond et en zigzag dans le jardin, je fis la vaisselle et je mangeai un cornet de glace. Lorsque la porte de l'entrée s'ouvrit pour laisser passer mon frère, j'étais assise dans la cuisine, mes jambes sous la table s'agitaient. Comme si ma chaise était couverte de ressorts.

Paul m'aperçut et me demanda d'arrêter de bouger. C'était un de mes vieux tics et ce n'était pas très agréable pour celui qui était assis en face de moi. Il avait repéré la lettre.

Sans prendre la peine de me saluer, il s'installa sur le siège à ma droite et prit l'enveloppe entre ses mains, la retourna des deux côtés comme pour trouver un message caché. Il avait soif. Je lui servis un verre d'eau.

Enfin, il déplia les pages couvertes de l'écriture penchée de notre mère. Il me fallut beaucoup d'efforts pour ne pas l'interrompre, pour ne pas parler. J'étais debout, appuyée à l'évier, le regard tourné vers le jardin. Du coin de l'œil, je surveillais ses réactions. Comme moi, il la lut plusieurs fois.

Léo,
Si tu lis ces quelques mots, c'est que je suis partie. Je devine ta colère, je sais que tu n'approuves pas mon choix. Je te demande seulement de le respecter et de ne pas chercher à me retrouver.

J'espère qu'avec le temps, tu parviendras à me pardonner.

Je ne baisse pas les bras par facilité, je n'abandonne pas par lâcheté. Il me faut du courage pour vous laisser.

C'est parce que je vous aime que j'ai décidé de vous quitter.

Je te fais confiance, je sais que tu veilleras sur nos enfants.

Dis-leur que je ne les abandonne pas. Dis-leur que rien n'est de leur faute. S'il faut trouver un coupable, alors désigne-moi. Surtout, dis-leur que je les aime. N'arrête jamais de leur rappeler qu'ils sont aimés.

Lorsqu'ils seront prêts, je t'en supplie, donne-leur ma lettre. Fais-le pour eux et pour moi, c'est ma dernière requête.

En attendant, je sais que tu trouveras les mots pour leur expliquer les raisons de mon départ.

Mes amours,
Je pars, je m'en vais pour quelque temps. Ma vie avec vous est devenue trop difficile et je ne veux plus vous faire de mal.

Pour l'instant, je n'arrive pas à être une vraie maman. Je suis si fatiguée que je ne n'ai plus rien à vous donner. Comme vos jouets qui ne fonctionnent plus lorsque les piles sont plates.

Je vous confie à votre papa qui vous aime. À vous trois, je veux que vous soyez une famille heureuse. Restez ensemble quoi qu'il arrive, ne laissez pas votre peine vous séparer. Au contraire, utilisez-la pour vous lier. Soyez toujours là les uns pour les autres.

Paul, mon chéri, mon grand garçon, veille sur ta sœur, elle veillera sur toi en retour. Continue à l'aimer et à la soutenir comme tu le fais déjà.

Anna, ma princesse, sois courageuse et ne t'éloigne pas de ton frère. Soyez une équipe, unissez vos forces.

Je vous aime à l'infini et pour toujours.

Ne l'oubliez pas. N'oubliez jamais que je vous aime plus que tout.

Un jour, je reviendrai.

En attendant, grandissez, et soyez sûrs que je garde un œil sur vous, même de loin.

Je vous aime, vous êtes dans mon cœur et dans mes pensées à chaque seconde qui passe,

Maman

Paul était assis, le front posé sur les mains et les yeux à moitié cachés. La lettre étalée sur la table entre ses coudes frissonnait, une légère brise était entrée par la porte ouverte. Elle se souleva et, d'un coup sec, il abattit la paume de sa main droite pour l'empêcher de s'envoler.

J'étais toujours debout au même endroit, j'écoutais les secondes qui se succédaient, rythmées par l'horloge de la cuisine. Alors que, pour nous deux, le temps s'était arrêté.

Au bout d'une éternité, Paul leva les yeux vers moi, son visage était pâle et son regard humide. Quelque chose avait changé. Il replia les feuillets et les glissa dans l'enveloppe.

Il me fixa, me détailla comme après une longue absence. Je posai la main sur le plan de travail en Formica pour me soutenir. J'attendais qu'il me parle.

Au lieu de ça, il se leva et vint vers moi. Tout se passa très vite. L'instant d'après, il me serrait dans ses bras en me demandant pardon, et moi, je ne pouvais plus contenir les sanglots qui faisaient trembler tout mon corps.

On s'agrippait l'un à l'autre comme si on avait peur de se perdre encore une fois, comme si on craignait les courants trop forts qui risquaient de nous éloigner. Lorsque Paul s'écarta, je reconnus mon grand frère, celui qui m'avait quittée vingt ans plus tôt en même temps que notre mère.

À ce moment-là, je me dis que, même si elle était morte, sa lettre aurait au moins servi à ça.

Paul semblait différent. Il y avait encore de la colère en lui, mais elle n'était plus dirigée contre moi. On s'assit tous les deux autour de la table. Il m'annonça qu'il fallait qu'on discute. Il y avait quelque chose qu'il ne m'avait pas dit.

Je soupirai. J'avais eu mon lot de secrets pour deux vies entières.

Paul tenait son gobelet d'eau vide entre les mains. Il restait encore quelques gouttes tout au fond, qu'il but d'un trait avant de se mettre à parler.

– Je suis venu voir papa quelques semaines avant sa mort.

Je croyais que Paul n'avait plus mis les pieds ici depuis longtemps. De surprise, je m'éloignai de la table en faisant balancer ma chaise vers l'arrière. Il poursuivit sans me laisser le temps de l'interrompre.

– C'est Isabelle qui m'a poussé à le faire. Elle disait qu'il fallait crever l'abcès, que j'avais le droit de savoir la vérité sur notre mère. Il était content de me voir. On a bu une bière, il voulait que je reste manger.

Il marqua une pause. Je me levai pour remplir son verre au robinet.

– Je ne suis pas resté. On s'est disputés. Je lui ai demandé de me dire la vérité sur maman, il a refusé. Il a dit que c'était trop tard. Je lui ai demandé si elle était encore en vie. Au lieu de me répondre, il a sorti une bouteille de whisky de l'armoire du salon et il s'est servi un grand verre. Sans glaçons. Il m'en a proposé et j'ai refusé. J'ai insisté. Il s'est contenté de boire son foutu whisky. Je ne savais même pas qu'il en avait. J'étais en colère. J'avais envie de le secouer. Il était là, assis dans son fauteuil de vieux, avec son verre d'alcool. Il n'osait même plus lever les yeux vers moi. Je lui ai dit des choses horribles. Qu'il était un mauvais père. Et sûrement un mauvais mari. Que je me souvenais très bien des fois où maman et lui se disputaient. Je lui ai dit que c'était de sa faute. Que tout était de sa faute. Qu'à cause de lui, maman était partie, qu'on n'avait jamais été une vraie famille, qu'il avait tout gâché. J'ai cru qu'il allait se défendre, mais il n'a rien fait. Il est resté sans bouger. Il regardait dans le vague, il était tout petit, enfoncé dans son fauteuil. Il m'a fait pitié. J'ai pensé que j'avais été trop loin. Je lui ai dit de laisser tomber. J'étais prêt à m'en aller quand il a enfin ouvert la bouche. Il m'a dit que tout ce qu'il avait fait, il l'avait fait pour nous. Je lui ai demandé d'être plus clair. C'était fini, il avait bu tout ce qui restait dans son verre et j'ai bien vu qu'il n'était plus en état de me répondre. Alors je suis parti, encore plus furieux qu'en arrivant.

Paul se tut. Il but toute l'eau que je lui avais servie.

ROSE

En cachette, pendant que Léo travaillait et que les enfants étaient à l'école, Rose prépara son départ. Elle choisit le jour. Ce serait le 5 juillet, au début des grandes vacances, pendant les congés de Léo. Elle savait qu'il avait prévu une sortie au zoo.

Elle voulait que les enfants se sentent bien, entourés. Elle voulait les voir une dernière fois heureux avant de les quitter.

La nuit, Rose pleurait lorsqu'elle entendait la respiration de Léo devenir régulière et lente. Elle pleurait la journée, dès que la porte se refermait et qu'elle restait seule avec les tâches ménagères à accomplir. Elle se mit à embrasser ses enfants, à les couvrir de baisers dès que l'occasion se présentait. Paul tentait de s'écarter, Anna était ravie.

Quelques jours avant la date, elle leur vola certains objets, des petites choses dont ils ne s'apercevraient pas de l'absence. Une pince à cheveux, une figurine, un dessin replié au fond du cartable. Pas de photos. Elle voulait garder ses souvenirs intacts, dans sa tête et dans son cœur.

Le 5 juillet arriva, sournoisement, sans se faire remarquer.

À 10 heures, toute la famille était prête. Les enfants trépignaient d'impatience. Contre toute attente, Léo proposa à Rose de les accompagner. Rose refusa, prétextant un violent mal de tête. La déception qu'elle lut sur son visage et ceux des enfants lui traversa le corps comme une arme tranchante. Il fallait qu'elle soit forte.

Elle sourit et leur souhaita une bonne journée. Elle dit qu'ils s'amuseraient mieux sans elle. Elle voulait qu'ils ne se doutent de rien, mais elle ne put s'empêcher de les embrasser un peu plus longuement, un peu plus fort. Pendant un instant, elle eut envie de tout laisser tomber, de rester et de se battre encore. Puis elle revit ses cris et leurs disputes, elle vit les mines réjouies de ses enfants qui partaient à l'aventure avec leur père. Ça lui donna l'impulsion pour garder le cap qu'elle s'était fixé.

En partant, Léo ferma toutes les portes à clé.

ANNA

– Tu te souviens du dernier jour ?

Paul attendait que je réagisse en faisant tourner sa bière dans la bouteille. Dehors, des nuages s'étaient accumulés sans pour autant rafraîchir l'atmosphère. Au contraire, la brise avait disparu, remplacée par un ciel lourd et immobile. Il n'y avait plus personne dans les jardins. Même les oiseaux s'étaient tus. Les insectes, affolés, sentaient la perturbation arriver. Certains étaient entrés, des mouches tournaient autour de nous. On les chassait d'un geste de la main. L'une d'entre elles gisait sur le plan de travail, tuée d'un claquement de main de mon frère.

Le dernier jour était celui de la disparition. Je ne m'en rappelais pas ou, du moins, je croyais ne pas m'en souvenir. Il me restait juste deux couleurs. Du rouge et du noir. Noir comme la robe que ma mère portait ce jour-là, une robe de deuil. Quant au rouge, il s'accrochait à mon esprit comme un reflet, un vestige pâle et sans explication.

Je répondis à mon frère.

– Non. Et toi ?

Il leva les yeux vers moi. Ils brillaient, je pouvais presque me voir dedans. À ce moment, j'eus comme un flash, une impression de déjà vu. Ces yeux... c'était les mêmes que ceux de Rose, notre mère. Le même vert profond et saisissant. Le même éclat lorsqu'ils étaient tristes, le même air de défi. Il y a longtemps, un autre visage me regardait de manière identique.

– Moi, je me rappelle.

Paul soupira. Il se leva et s'adossa au mur.

– C'était en été. Il faisait chaud comme aujourd'hui.

Une abeille était entrée. Il l'emprisonna sous un verre.

L'insecte, affolé, se cognait contre les parois transparentes en tentant de s'enfuir. C'était peine perdue, on le savait, mais elle continuait sans relâche, avec l'énergie du désespoir.

Paul reprit la parole. Le vent s'était levé et de l'air plus frais commençait à s'engouffrer par la porte.

– Ce jour-là, on était partis au zoo avec papa. Maman était restée à la maison, comme d'habitude. Elle avait mal à la tête. J'étais déçu qu'elle ne vienne pas. Elle était un peu bizarre, elle semblait triste. Je me suis dit qu'elle avait sûrement très mal. Tu ne te rappelles vraiment rien ? Les animaux du zoo ? Je me souviens que tu avais adoré les singes. Tu mettais tes mains sur la vitre de leur cage et l'un d'eux était tout proche, de l'autre côté, il ne te quittait pas des yeux. Papa nous avait offert une glace pour le goûter. Juste après, tu as commencé à en avoir marre, tu ne voulais plus marcher. Alors, on est rentrés. Tu t'es endormie dans la voiture. Tu as dormi tout le trajet. Je m'en souviens parce que, quand on est arrivés à la maison, tu dormais toujours. Papa est sorti de la voiture pour aller ouvrir la maison. Au lieu de venir nous chercher, il a disparu à l'intérieur. Je voulais sortir, mais les portières étaient verrouillées. J'ai attendu, j'avais soif et je te regardais dormir. Ça m'a semblé très long. La fenêtre de devant était ouverte, je me rappelle avoir envisagé de m'y faufiler, mais je ne voulais pas te laisser seule. Puis papa est revenu. J'ai tout de suite su qu'il était arrivé quelque chose. Il était énervé. Il t'a prise dans ses bras pour te sortir de la voiture. On est entrés dans la maison et tu t'es réveillée. Tu as commencé à pleurer, tu voulais maman. Papa s'est fâché, il a dit que maman était partie. Que ça servait à rien de pleurer.

Les premières gouttes de pluie commencèrent à tomber. Le bruit couvrait les paroles de mon frère. Je me levai pour fermer la porte.

– Il nous a installés au salon et il a allumé la TV, il nous a demandé de ne pas bouger. À cette heure-là, pendant les vacances, il y avait des dessins animés. Tu t'es calmée. Je ne comprenais rien. Je ne comprenais pas ce qui se passait. Je pensais que maman était sortie faire une course. Mais elle n'est pas revenue ce jour-là. Ni le lendemain. Papi et mamie sont venus nous chercher. On a passé les vacances chez eux. Quand on est revenus, papa m'a expliqué que maman était partie pour toujours. Je lui ai demandé où elle était. Il m'a répondu qu'elle ne reviendrait plus, qu'il fallait l'oublier. Je ne comprenais pas et j'étais en colère. À mes yeux, ce n'étaient que des mensonges. Dès que j'ai pu, j'ai quitté la maison, je vous ai quittés tous les deux parce que je ne pouvais plus vous voir. Vous étiez la raison du départ de maman, elle avait disparu à cause de vous.

Il désigna la lettre.

– Maintenant, je me rends compte que j'ai eu tort. Ce n'était pas ta faute.

Il planta ses yeux dans les miens.

– Ce n'était pas ta faute. Tu n'y es pour rien. Et je suis vraiment désolé.

Je baissai la tête, les larmes coulaient sur mes joues et je ne voulais pas qu'il les voie. C'étaient ces mots-là que j'attendais, que j'espérais entendre sans y croire, parce que, jusque-là, je pensais que je ne les méritais pas. Ces mots avaient plus de valeur pour moi que des milliers d'autres.

Je ne lui en voulais pas. Je comprenais sa colère. À présent, c'était la même qui grandissait en moi.

On n'avait pas besoin de se parler. On savait tous les deux contre qui elle était dirigée. On aurait voulu avoir des réponses. Mais il n'y avait plus personne à part nous, nos souvenirs et cette foutue maison.

J'ai regardé mon frère. Il était tourné vers le jardin, la pluie avait formé des flaques sur la terrasse, il faisait sombre. Un rai de lumière a éclairé son visage. Doucement, le soleil reprenait son territoire, un coin de ciel bleu apparut par la fenêtre. L'eau s'évaporait. Mon frère ouvrit la porte pour laisser entrer l'air. Sous le verre, l'abeille était toujours en vie, même si elle commençait à faiblir. Paul souleva rapidement le gobelet en plaçant un carton juste en dessous. Les bras tendus vers l'extérieur, il libéra l'insecte, qui s'envola et disparut au loin.

Je me levai pour le rejoindre. Lorsque mes yeux croisèrent les siens, il demanda :

– Tu crois qu'elle est toujours en vie ?

ROSE

Rose était seule dans la maison vide. Au rez-de-chaussée, il faisait encore sombre. Elle s'aperçut que les volets étaient clos. Il fallait sortir pour les ouvrir et Léo s'était gardé de le faire en partant. Le cœur lourd, elle gravit une à une les marches jusqu'à l'étage.

Sa grosse valise noire, celle qu'elle utilisait pour emporter ses vêtements sur le campus lorsqu'elle était étudiante, l'attendait sous les combles. Il lui fallait faire vite. Elle traîna la valise avec peine dans l'escalier raide qui descendait du grenier. Une des sangles faillit la faire trébucher. Arrivée sur le palier du premier étage, elle hésita. En bas, aucune issue n'était possible, c'était un détail qu'elle n'avait pas anticipé. Sa seule chance était la fenêtre de la chambre d'Anna. Juste en dessous, il y avait de l'herbe qui amortirait l'impact avec le sol. C'était risqué, mais pas impossible. La valise allait la ralentir. Elle l'ouvrit.

À l'intérieur, elle avait ajouté, en plus de ses propres affaires, les robes d'Alicia dans toutes les tailles. S'en séparer était douloureux, elle ne se sentait pas suffisamment forte pour les abandonner ici. Elle réfléchit. Ce n'était que temporaire, elle reviendrait.

Elle prit dans ses bras les quelques robes et remonta les marches. Elle les serrait contre elle ; toutes ensemble, elles avaient presque le même poids qu'une vraie petite fille.

Il y avait encore une caisse vide sur le côté du grenier. Elle y plaça les robes, après avoir écrit sur le fond au marqueur mauve (la couleur préférée d'Alicia) les six lettres du prénom de sa sœur. Une dernière trace pour qu'on se souvienne d'elle.

Sa valise, moins imposante et moins lourde, l'attendait toujours au premier. En descendant, elle s'arrêta sur les marches de l'escalier de meunier et regarda autour d'elle, huma l'air de la maison, les odeurs de ses enfants mêlées à celle du bois.

Il lui restait encore beaucoup à faire avant de partir.

Elle jeta un coup d'œil à la chambre de Paul, puis entra dans celle d'Anna, sa valise dans la main droite. Elle ouvrit la fenêtre et se pencha par l'ouverture. Il y avait presque trois mètres jusqu'à la pelouse du jardin et, juste à droite, le sol dur de la terrasse. Elle hésita. Elle n'était pas prête à mourir. Ce n'était pas cela qu'elle voulait.

En soupirant, elle referma la fenêtre. Descendit vers le bureau. Elle s'y installa et, sur une feuille de papier, commença à écrire les premiers mots d'une lettre à l'encre mauve. La première serait destinée à Léo.

Quand elle eut terminé, le temps avait tourné, les aiguilles de l'horloge accrochée au mur devant elle avaient filé. Elle saisit les deux feuillets blancs, les glissa dans une enveloppe et y écrivit un prénom en trois lettres, comme sur le bout de papier jaune du premier jour.

Dans la cuisine, elle vérifia que le frigo et les armoires contenaient suffisamment de nourriture pour les prochains jours. Sur les lits des enfants, elle laissa les cadeaux qu'elle leur avait achetés des semaines auparavant. Une poupée pour Anna, un livre pour Paul.

Ensuite, elle fit le tour de la maison, s'assura que tout était propre, en ordre.

Un rapide coup d'œil à sa montre lui indiqua qu'il était l'heure. Elle se hâta de monter au premier.

Alors qu'elle était au milieu de l'escalier, elle entendit un bruit de moteur s'approcher de la maison. Elle courut. Ouvrit la fenêtre de la chambre d'Anna et regarda en bas. Elle n'avait plus le choix. Un papillon blanc, insouciant, vola devant elle puis partit loin, vers la forêt et vers le ciel. Juste avant de sauter, elle se retourna. Léo était là, debout derrière elle, il la fixait de son regard bleu, trop près.

ANNA

Paul m'a aidée à enterrer les cendres de Léo, au pied d'un arbre de la forêt. On a creusé un trou profond et on a placé l'urne tout au fond, avant de la recouvrir de terre et d'humus. Les insectes ne mangent pas les cendres, mais peut-être y éliront-ils domicile.

Il y a encore des questions sans réponse. Pour l'instant, je suis fatiguée de chercher.

Il m'arrive parfois de penser qu'elle nous attend, quelque part à l'autre bout du monde. Qu'elle nous a laissé un indice bien caché. Certaines nuits, je me plonge dans mes souvenirs, je fouille les images qui me restent, je les invoque. Elles ne me font plus peur.

Sa lettre est dans le tiroir de ma table de nuit. Je ne m'en sépare pas. Elle écrit qu'elle reviendra peut-être. La patience n'a jamais été mon fort.

LÉO
(Hiver 1974)

Léo avait perdu le contrôle et il détestait ça.

Sa mère était couchée depuis plusieurs matins et plusieurs soirs. Il avait faim. L'armoire à provisions serait bientôt vide et il ne savait pas où elle cachait l'argent.

Il avait trouvé un paquet de biscottes dans un placard et il les couvrait de pâte à tartiner au chocolat qu'il raclait au fond du bocal.

Il était débrouillard et il avait l'habitude que sa mère soit allongée sur le divan. Elle finissait toujours par sortir, lorsqu'elle avait fumé son stock de cigarettes et avalé tous ses comprimés.

Mais c'était différent, cette fois. Elle demeurait dans son lit, cachée sous les couvertures. Elle disparaissait presque.

Si seulement…

Léo n'avait que douze ans moins trois jours, pourtant il savait très bien ce qui se passerait si sa mère mourait. On lui avait dit à l'école. Il serait hébergé dans un foyer, jusqu'à ce qu'on lui trouve une famille.

Une famille. Ce mot lui faisait les yeux qui brillent et lui donnait des étoiles à admirer. Dans les magazines de sa mère, il y avait parfois des familles. Il avait découpé son père idéal, la mère de ses rêves, et y avait ajouté une petite sœur, puis il les avait collés sur une feuille qu'il avait glissée dans une pochette en plastique subtilisée à la maîtresse. Il la gardait précieusement sous son matelas, pour pouvoir la regarder le soir avant de dormir, et parfois le matin avant de se lever. Ça lui donnait du courage. Ça le rendait plus fort pour affronter sa mère.

À chaque fois qu'elle le voyait, elle disait : « Qu'est-ce que tu fais là ? », avant de lui ordonner de foutre le camp. Son regard était méchant. Sa bouche, il l'appelait la boîte à ordures.

Elle ne se doutait pas qu'il pensait la même chose. Lui aussi se demandait ce qu'elle faisait encore là. Il aurait voulu qu'elle meure. Il aurait voulu qu'elle laisse sa place à une autre maman. À une vraie famille.

Le soir, elle regardait la télé trop fort. Puis elle prenait ses médicaments et se levait péniblement pour se mettre au lit. Le matin, elle avalait ses comprimés à la cuisine en se tenant au plan de travail comme si elle allait s'écrouler, avant de retourner se coucher sur le canapé. Léo avait l'habitude.

Sauf que, depuis quelques jours, elle ne se levait plus. Elle s'enfonçait dans son matelas. Elle ne lisait plus ses magazines et la télé était éteinte. Elle commençait à sentir mauvais. Pour arriver jusqu'à sa chambre, Léo devait passer devant la porte ouverte de celle de sa mère. Il se bouchait le nez en se mettant un peu de travers. Il savait ce qu'il risquait si elle le voyait faire. Dans la grande pièce, il avait rangé ce qui traînait, nettoyé la vaisselle et même passé l'aspirateur. Mais il ne savait pas comment utiliser la machine à laver, il avait peur de faire une bêtise. Ses draps à lui allaient bientôt sentir mauvais aussi, ça le contrarierait beaucoup.

Il avait peur et il avait faim. Il ne voulait pas que ça se termine comme ça. Si elle allait chez les fous, il serait placé dans une fausse famille qui ne l'accueillerait pas pour toute la vie, qui aurait pitié de lui. Ce serait une solution provisoire.

Alors il attendit. Avec de la patience et une bonne dose de volonté, il aimait croire que tous les rêves peuvent se réaliser.

Autour de la famille du magazine, il dessina une maison, une belle et grande maison entourée d'arbres avec beaucoup de fenêtres et de jolis volets, une cheminée et une balançoire dans le jardin.

Il s'assit dans le divan propre et alluma la télé. Pour la première fois, il put choisir la chaîne de dessins animés. Il augmenta le son pour éviter d'entendre sa mère qui appelait.

La nuit, il se couvrit la tête avec son oreiller pour atténuer les cris. Pour étouffer. Il pensait au visage de sa mère perdu au milieu des coussins. Ça lui donnait des idées mauvaises. Il sentait son âme se noircir, comme si celle de sa mère contaminait la sienne.

Il la haïssait tellement qu'il aurait voulu tirer un trait par-dessus la puanteur de son corps, tracer une grosse croix rouge à travers son visage, comme lorsqu'il barrait les mots mal écrits ou les dessins ratés dans ses cahiers lignés.

La veille, en rentrant de l'école, il avait marché longtemps, s'était éloigné des quartiers qu'il connaissait, avait retardé le moment où il franchirait la porte de leur appartement. Dans une rue bordée d'arbres, il avait croisé une fillette blonde qu'il ne parvenait pas à oublier. Elle marchait comme lui, les épaules voûtées, ses pas adoptaient la même cadence que les siens, imperceptiblement plus lents que ceux des autres. Il avait senti la différence. C'était le rythme qu'on empruntait lorsqu'on n'avait pas envie d'arriver à destination, mais qu'on n'avait nulle part d'autre où aller. Il retourna au même endroit en espérant la revoir et la suivit jusque chez elle. Sa maison était belle. Derrière, il y avait un jardin avec, tout au fond, un petit étang rond entouré d'une clôture.

Le jour de ses douze ans, sa mère fut enterrée dans la fosse commune du cimetière. Lorsque le fossoyeur la recouvrit de terre, il distingua les vers, les cloportes et d'autres insectes qui s'agitaient avant d'être projetés sur le cercueil bon marché en bois mince.

Léo pensait à la petite fille blonde et à ses yeux verts et tristes peuplés de fantômes.

Table des matières

Chapitre 1
Noir 9

Chapitre 2
Gris 31

Chapitre 3
Vert 51

Chapitre 4
Bleu 77

Chapitre 5
Rouge 95

Chapitre 6
Blanc 119

Parus dans la collection « Littératures »

 Nathalie Boutiau, *La porte du silence. Récit.* ISBN : 978-2-8061-0596-7 • 2021 • 152 pages • 15,50 €.

 Manuel Fagny, *Après les mots.* ISBN : 978-2-8061-0586-8 • 2021 • 144 pages • 14 €.

 Catherine Meeùs, *Olga, où la fragilité de l'insouciance.* ISBN : 978-2-8061-0575-2 • 2021 • 112 pages • 12,50 €.

 Anne-Catherine Deroux, *Si vous la voyez.* ISBN : 978-2-8061-0573-8 • 2021 • 240 pages • 20,50 €.

 Catherine Lamoline, *Le dernier portrait d'Odile Halleux.* ISBN : 978-2-8061-0569-1 • 2021 • 336 pages • 23,50 €.

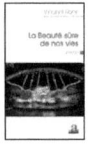 Vincent Rahir, *La Beauté sûre de nos vies.* ISBN : 978-2-8061-0539-4 • 2020 • 232 pages • 20 €.

…

Retrouvez toutes nos publications sur www.editions-academia.be.